雪夜手稿

李存刚 著

天津出版传媒集团

百花文艺出版社

图书在版编目（CIP）数据

雪夜手稿 / 李存刚著 . -- 天津：百花文艺出版社，
2025. 3. -- ISBN 978-7-5306-9069-7

Ⅰ . I267.1

中国国家版本馆 CIP 数据核字第 2025HQ3774 号

雪夜手稿
XUEYE SHOUGAO
李存刚　著

出　版　人：薛印胜
责任编辑：王　燕　徐　姗
装帧设计：彭　泽
出版发行：百花文艺出版社
地址：天津市和平区西康路 35 号　　邮编：300051
电话传真：+86-22-23332651（发行部）
　　　　　+86-22-23332656（总编室）
　　　　　+86-22-23332478（邮购部）
网址：http://www.baihuawenyi.com
印刷：山东临沂新华印刷物流集团有限责任公司
开本：787 毫米 × 1092 毫米　1/32
字数：200 千字
印张：9.875
版次：2025 年 3 月第 1 版
印次：2025 年 3 月第 1 次印刷
定价：68.00 元

如有印装质量问题，请与山东临沂新华印刷物流集团有限责任
公司联系调换
地址：山东省临沂市高新技术产业开发区新华路 1 号
电话：（0539）2925886
邮编：276017

自序

手书的高原

我至少有三次来到甘孜高原，身份都是骨科医生。

第一次是二〇一四年冬天，"11·22"康定地震发生之后，当晚即受医院指派赶赴地震灾区，并被安排驻扎在康定城区内的甘孜州人民医院，一直待到任务结束。和我们同去的医疗队都换了几波，我和同事们还待在那里。不是上级不想更换，也不是没人更换，而是都被我一一拒绝了，好不容易有机会来到高原，如果可能，我希望尽可能待更久一点。我后来写到过其间随救护车运送一个多发骨折的病人到康定机场的情形。康定机场建在折多山上，那是二〇二二年之前我到过的最高最远的藏区。

第二次是在二〇一六年春天。地点是在泸定，时间是三个月。泸定和我在的天全仅仅隔着一座二郎山，我差不多每个周末都可以回到天全。我在泸定的住处，是在大渡河岸边的一栋苏式风格的老房子，楼下的院坝边就是河堤，因此得以更切近地聆听到了久闻于世的大渡河不息的涛声。

这次（也就是第三次）是到九龙县。手机地图显示，九龙与天全相距三百多公里。按要求，我将在这里待上九十个工作日，而实际上工作的时间接近五个月。

二〇二二年，过境甘孜藏族自治州的铁路还在建设中，高速公路也还只通到康定。我到九龙，九十多公里的高速过后便是翻山越岭的普通公路，蜿蜒曲折不说，冬季路面上还经常结冰，就是夏季，个别山阴路段也随时可能遇上暗冰，让余下的二百多公里路程难度陡增，这就使得这个在内地司机们基本用不着过多思虑的距离，在某种意义上获得了延长。

因为有可以自主安排工作时间的便利，我有意将工作时间划分成了若干段，以便在一次次的往返之间，体察不同季节里的川西高原生活。感觉里，似乎这样一来，我待在高原的时间就更长了。这是我自打接受任务时起就生出的想法。我把这个想法说给同行的两位同事听，他们竟也毫不迟疑地表示同意。我一开始就抱有的这点私心，于是得以顺利变成了现实。

一个地方，去一次和去两次、三次甚至更多次，当然是不一样的。我知道并且一直渴盼亲身走进雪域高原绝然独特的生活里去。但是我心里也清楚，对于高原，我终究只是一个匆匆过客，无法像书法家们那样，潜心俯身于洁白的宣纸，深入细致地写出工工整整的"小楷"。我有的只是和他们一样的虔诚，并借此草草写就了一份自己的"行书"。也许有人会把它理解为行走之书，对此，我也不会提出任何反对意见。

事实上，我写下的，也的确不过是在高原的工作和生活之中见到的人、事、物，及其一点点极端个人的思考。或长或短，或写实或抒情，都是兴之所至、心之所至。书写的过程中，我甚至没想过它们到底是"小楷"还是"行书"，或者别的什么样式。如果硬要下个定义什么的，我只能说，这是我手书的高原。

我想，最亲近高原的方式，就是真真切切地把自己置身于高原。我又一次这样做了。

现在，我开始回忆。

目录

小引

西边是八家铺子山，东边为狮子神山。我们工作的医院建在狮子神山的半山腰，我们的住处最初是在医院门前靠近公路的一栋房子里，后来搬迁到更高处的医院医技综合楼的最顶层。无论什么时候推窗而望，都能望见对面的八家铺子山顶上的白雪，天气晴好的时候像一顶白头巾，有雨或者下过雪的日子，白头巾便变成了一袭白披肩甚至白外套。

我对我的记忆力向来缺乏足够的信心。因此从抵达的第一天起，我每天晚上回到住处的第一件事，就是把当天的所见所闻记录下来，以免被不断闯入的新鲜事物冲淡，甚至像玻璃窗上的水珠似的，轻轻一抹便消失不见了。区别于坚持多年的日记，我为专门建立的文件夹取名为《逐日记》，格式照旧是日记体的，内容全都源自我在高原的工作和生活。

也是从抵达的第一天起，我的身体里便仿佛装上了定时程序，每天晚上都会醒来两次。入睡倒是一如既往的顺利，有时候甚至还会做一些匪夷所思的梦，可一到凌晨两点左右，那梦就戛然而止了。好不容易再次睡下，凌晨四点一过便又会再次自动醒来。

这份特殊的高原反应，让我有机会对《逐日记》里记下的那些人、事、物进行及时而充分的反刍，并由此生出些乱七八糟的联想。

我在高原的那些个夜晚，之所以不至于只剩下一个失眠者的难挨，反而呈现出一种特别的质地和成色，就是因了那些文字及其所记录下的那些耳闻目睹的人、事、物，以及那些信马由缰的思绪。

折多山记

路边的积雪先是东一坨、西一块的小白点，随着道路不断攀升，白点渐渐变成了更加密集和醒目的团块，到半山腰时，便完全连成了白茫茫一片。蜿蜒曲折的盘山公路望不到尽头，但它通往山顶、高处是肯定的。大部分路面裸露着，在白茫茫的雪野里，仿如一条河水滚滚向前的河流，而我们的车子正逆流而上，去到此行所经山的最高处，去到它的源头。

这里是一个垭口，海拔4298米，但这不是折多山的顶峰。折多山的顶峰在垭口左侧，海拔4962米，可站在垭口上，它看起来就是一个小山丘，只是这山丘长在4298米的山体上，让人想到一个人的肩上突出来的那个脑袋。我们都有过站在大人身边仰望大人脑袋的时刻，也有过瞬间被提到肩上，双手捧着大人脑袋"走路"的童年经历。折多山让我又一次重温起了小时候。不同在于，大人的肩膀可以在哭声或者叫声过后骑上去，而折多山的最高峰对于像我一样的大多数人而言，只能用来看，真要去登临，便只有在想象里一次次去完成了。

这是冬天，在4298米的折多山垭口，首先映入眼帘的是雪，然后是路边山坡上的白塔和四周猎猎翻飞的风马旗，然后才是白塔后面背景一样高耸的折多山最高峰。白塔有一个金色的塔尖，风马旗是彩色的。那是一个极其显眼的标志，但凡从折多山经过的人，必定都会看到的。

有人把车子停在路边，跑到雪地里、山坡上，踏雪，围着白塔和风马旗转。不少人举着手机或者相机拍照。进入摄像头的那些人，刚开始时还手舞足蹈的，摆着各种姿势，不一会儿，便收起了满脸的兴奋劲儿，垂头丧气地慢慢悠悠地靠近停在路边的车子，嘴里嘟囔着，小心翼翼地钻进车厢，一溜烟儿开走了。听口音不是本地人，看车牌也大多是外地的，大约是途经此地的游客，他们显然是不知道折多山的厉害。雪景之美是确凿无疑的，但这美景在四千多米的海拔之上，在这样的海拔高度，人永远做不到像雪花那样镇定自若；有时候，甚至会叫人分辨不清，你和一片雪花，到底哪一个更轻。这是作为"康巴第一关"的折多山布置的一堂功课，去甘孜高原的人，必然都会接受的。

我知道他们为什么会那么急匆匆地离开。七八年前，我第一次来折多山时就是这样灰溜溜地离开的。那次是为了运送一个在地震中多处骨折的病人。我们从康定城里出发，把病人顺利送上停在折多山机场的飞机，准备返回康定城的时候也去山坡上看了看，并且站在厚厚的积雪上拍了几张照片。开始的时候一切都还好，等我围着白塔转了一圈儿，又在雪地里站定拍完照，就感觉头晕晕乎乎的，渐渐喘不过气来，好不容易再迈开的步子软绵绵的，一步一步，像是踩在松软的棉花地上，这副在世上存在了四十多年、日益肥胖的身躯，似乎突然之间变轻了，仿佛随时可能羽化而后飞将起来。

是的，每个人都是大地上的过客，在折多山上，你感受到的就是自己真的轻。真的是轻如鸿毛啊，轻飘飘的，甚至比不过一片雪花。雪花飘来飘去总归会飘落在大地上，一片接一片的雪花落下来，落在山上，这座山便成了"雪山"。而人呢，眼睁睁地看着雪花从天而降，融入眼前的雪地里，你也许就会想到一个你从未想过的问题：到底是雪拥有山，还是山拥有雪？如果你是初来乍到，你定会禁不住像我第一次来时那样，甚至也像你在初次造访的任何地方都会做的那样，兴奋、欢呼雀跃、忘乎所以，可用不了多久，甚至很可能只是转瞬之后，你就会感觉这几十千克的肉身一下子变得很轻，轻得让你感觉不到一丁点儿重量，仿佛随时可能腾空飞升而起，忽忽悠悠，不知道将飘向哪里。于是，你接着自然就会想，世上还有什么是重的呢？存在是肯定存在的，但肯定不是（最起码不仅仅是）存在于这几十千克之内的那些曾经让你觉得"天都快要塌了"的感觉、念头、欲望、记忆，甚至也不是这几十千克本身。头痛，一时厘不清。索性不再继续伤脑筋，只管低头赶路，尽快回到让你能够感觉到这几十千克肉身存在的地方去。一低头，猛然看见大地之上洁白的雪野里密密麻麻的脚印，可是你已经分不清哪一道是你刚刚踩下的。恍恍惚惚，隐隐约约，你分明知道自己觉出了些什么，像置身暗夜里的人突然获得了光亮。这个时候，重新呈现在你眼中的已经不再是原来的世界，最起码，你已经对这个世界上那些你一直以为自己十分熟悉和了解的东西有了新的认识，重新掂量出了它们的轻重。

高原，就是一个让你不断顿悟的地方。

好些人是带着猎奇之心来的，有点像情窦初开的懵懂少年走向心仪的女孩，既紧张又兴奋，因而手足无措、战战兢兢。被神奇化的高原，俨然就是一个吸力无穷的吸盘，召唤着一个又一个人前来涉足。其实有什么"奇"可"猎"呢？无非就是雪山、草地、蓝天、阳光、牦牛、羊群、马匹、青稞、海子、大风、佛塔、风马旗、玛尼堆……这些在网络时代我们早已司空见惯的东西，想看随时都可以看到。那些来过的人，差不多人人都拍了照片、视频，或者写了文字，发到网络、报刊上，供我们查找、翻阅，不少人看过之后也便生出了到此一游的念头，眼见为实嘛；过了若干时日，觉得恰当的时机，也便真就动身前来了。也有拍了照片、视频，写了文字，却只保存在自己的手机或者电脑硬盘里的，像守着什么不可告人的秘密或者稀世珍宝那样，隔不久便偷偷翻出来欣赏或者把玩一下，看着看着，便又一次生出了再来的念头。

我无疑属于后者。我这次是要去折多山那边的九龙县。最初得知二〇二二年全省城乡医疗卫生对口支援"传帮带"工程启动时，我心里猛地"咯噔"了一下，然后毫不迟疑地报上了自己的名字。接着便反复和同行的同事一起研究往返的路线，因此知道，去九龙县有两条路可走。一条是走雅（安）西（昌）高速，经冕宁到九龙；另一条是走雅（安）康（定）高速，翻过折多山到九龙。在地图上，两条路线连起来是一个不规则的心形，其间环抱的山水，绝大多数是我从未涉足过的，有好些甚至连名字也没听到过。两条路都要翻山越岭，路上也都有冰雪，相比而言，前者路程更长。我们当然地选择了相对较短的那一条。另一个更重要的原因就是折多山，来甘孜高原，不经过折多山，总感觉缺少了点什么。

　　始于七八年前的那堂课至今仍在继续。记得在确定行期之后，九龙的同事就告诫我们，在折多山上最好不要下车。同事解释说，从长时间的坐位到站立、行走，腹压的变化和骤然加速的血液循环会让人更加缺氧，即便下车，也不要动作太大、运动太过剧烈。尽管已经不是第一次来，但我还是听从了同事们的建议，驾着车，径直去向了此行的目的地。

　　我还有很长的路要走。

夜色，石峰和氧气罐

尽管日历已经翻到新年一月，季节却还停留在上一年冬天，日子依然昼短夜长。这既是公历与农历的区别，也是因为我们置身高原之故。在离天更近的地方，所能感知到的"天"，似乎比在平原更近切，也更深刻。当车窗外的暮色渐渐加深，笼罩着我们的车子和前行的道路时，我们离九龙县城也就越来越近了。

九龙县城建在两山之间的峡谷地带，通往九龙县城的道路差不多都沿着峡谷底部的河流而行。远山依然有雪，但山间的树木却是明显地增多了，甚至可以看到那些长青的绿树上擎着暗绿的叶片。从早晨到黄昏，连续开了近八个小时的车，从雨天到雪山到绿油油的山川，这时候，疲惫是当然的，但更多的还是如释重负的轻松——终于就要抵达一个陌生之地的那种兴奋和轻松。

这是我第三次来甘孜高原，却是第一次到九龙县。第一次站在九龙县民族医院的院子里，而石峰却是第二次见。作为医务科负责人，在我们确定行期之前，石峰科长便和其他几位九龙同事一起到过天全，在我们工作的医院和我们见了一次面。我们从细雨纷飞的天全出发时电话告知了我们的行程，一路上，便不断接到他打来的问询电话。

翻过折多山，离开318国道，沿248国道去九龙的路是双向两车道，全柔性路面。好几处阴山路段两边堆积着厚厚的雪，隔不远就放着一根鼓鼓囊囊的尼龙口袋，里面装满了细沙，大约是以备路面结冰时撒在路面防滑用的。有积雪和沙袋的提醒，我在方向盘上的手就握得更紧了，生怕一不小心滑进路边堆满积雪的引水沟里。

到鸡丑山隧道时，已是下午四点多。石峰科长又一次打来电话，说他们已经在来迎接我们的路上，问我们的车牌号。结果还是错过了。自打踏上248国道以后，路上就难得见到一辆车子，我们正向前走着，突然与一辆SUV交汇而过，因为对方车速很快，只感觉很大的可能就是石科长他们。同事胡开宾眼尖，正和我们说着他的猜测，石峰科长就又打来了电话。我们在经过一个弯道后选了路边一块开阔地靠边，车刚停稳，便看到石峰科长的白色SUV出现在我们身后的弯道上。我们刚打开车门，从车子里探出身子，便见石峰科长他们每人捧了一条哈达，微笑着向我们走来。

去医院的路穿越整个县城。我们跟着石峰科长，拐过几个弯，又沿着一条逼仄的小路走过一段，最后经过一个短促而陡峭的斜坡，把车停在九龙县民族医院的院子里，这时已经是下午五点多。跟着医院后勤的同事，拉着行李箱，到房间里洗了一把脸便出了门，坐上一直等在院子里的石峰科长的车，沿着刚刚经过的那条小道进到县城去吃晚饭。

饭桌上，第一次见到九龙县卫健局的刘局长。刘局长是遂宁人，学的是检验专业，毕业分配到九龙县工作时，县人民医院都还只能靠最老式的人工计数完成"三大常规"（血液及大小便常规）检查，而且编制已经满员，他只能被分配到一家乡卫生院。卫生院没有检验工作，刘局长就只好到乡政府去守门，后来调回县城，慢慢成长为县卫健系统的负责人。尽管他个人没能完全学以致用，但对九龙卫健系统，起码做到了内行领导内行，不至于像我们知道的，好些地方外行领导内行，结果只能是时常说外行话，时不时干些外行事，一旦真出了什么事，你还奈何不了他。

回到医院时天已经完全黑了。借着昏黄的灯光，我和同事们站在医院办公楼门前拍了两张照片，一张突出人像，说明来的确实是我们；另一张重点突出了医院的门牌，证明我们此刻的确切所在。

　　大约是有些兴奋过度，拍完照，忽然就感觉头晕且痛得厉害，胸口轰隆轰隆狂跳，有一种随时可能撞破胸腔喷薄而出的架势。同来的胡开宾主任多次到过高原，他姐夫在康定开了一家医用氧气站，我们来之前他就联系好了，特地为我们准备了两罐氧气。

　　同事骆正霞是从业多年的专业护理人员，见我们的惨状，便不由分说替我们装好吸氧导管。吸了至少半个小时，才慢慢缓过劲来。本来预备在路上使用的氧气罐，终于还是派上了大用场。

猫叫以及明月

昨晚吸过氧就睡下了。夜里每翻一次身就醒来一次，迷迷糊糊地醒了若干次。清晨四点多的时候，又一次听到了凄厉的猫叫声，猛然惊醒后便怎么也睡不着。

从叫声判断，应该是昨晚跟着我跑进房间来的那一只。昨天晚上，我刚走进住宿楼前的院坝门口，便听到它的叫声；我走到楼梯口，它突然从楼梯口边的黑暗角落里蹦了出来，蹭了一下我的脚踝，然后绕着我的脚跑来跑去；我踏上楼梯，它便飞快地跑到我前面，不时喵上两声，像是在欢迎我的到来，并且为我带路；我刚一开门，它便"噌——"一下蹿进了房间，钻到床底下，喵喵喵、喵喵喵，不住地叫着。

但我又有些不敢肯定。小时候，乡下的人家差不多家家都养猫，不少人家养的还不止一只。每次听到这样的叫声，大人们就会冷不丁嘟囔一句"又在叫春了"，或者说"又在找伴了"，仿佛那叫声预示着的是多么不堪的事情。没想到在高原，我竟又一次听到这熟悉的叫声，但我实在分辨不出它是在叫春还是在找伴。在如此寒冷的冬夜，更大的可能应该是后者。那么，清晨四点刚过惊醒我的这一只，是不是就是昨夜那一只寻找伙伴的？也许，在我睡着以后它一直在叫，现在它也累坏了，不知跑到哪个温暖的角落做自己的美梦去了吧？

窝在床上懒到五点，一直没再听到那只猫的叫声。索性穿好衣服起床，房间外的走廊上黑漆漆的，对岸的八家铺子山也黑漆漆的。我站到窗前，耳边传来一阵呼啦、呼啦的响声，像是站在高速公路边听到急速前行的车辆划破空气发出的声音，或者是在枕边肥胖者醉酒后深长的鼾声。不一会儿我就知道了，那不是车声也不是鼾声，是风声。因为每一声呼啦里，我的脸上、腿上就感觉到一阵刺骨的寒意，像是都要从我的身体里分离开去。只好拢紧身上厚厚的羽绒服转身躲回房里，关上房门，猛喝了几大口出门前泡好的热茶，才渐渐感觉身体依然是完整地属于自己的。九龙县至今尚不通高速。

出门吃早饭的时候查了一下手机上的日历和天气预报：一月五日，农历腊月初三，小寒，实时温度零下五摄氏度。九点准时赶到科室，在一位尚不知道姓名的护士妹妹带领下，去医院办公室领了工作服，正式开始了第一天的工作。先是在住院部跟着同行们一道查房、讨论病例，然后去骨科门诊。

大约是因为天气太冷，门诊病人很少。同事胡开宾见状，决定首先完成一项我们来此必须完成的工作——讲课。不久前，胡开宾刚刚通过主任医师答辩，即将把副主任医师的"副"字去掉，成为一名主任医师。他此前先后到青海玉树、甘孜理塘进行过同样性质的医疗支援工作，对此有着丰富的经验。

　　在班的同事们很快到位，加上我和胡主任，总共六个人，分属藏、汉、彝三个民族，正好是九龙基本县情的一个真实写照。就这，竟然已经是全院医护人员的六七分之一。来之前我就知道，九龙县民族医院是二〇一七年才创建的一家二级医院，全院所有部门的医务人员加起来四十多人，但真的走进医院，成为其中的一员了，还是多多少少有些不敢相信。这大约也就是我们来到这里的一个原因。

　　胡主任讲的是他的专业特长胸部创伤的规范化诊治刚讲到其中危急严重的"连枷胸"时，门诊来了一位中年妇女，讲座不得不暂停。中年妇女是走路时脚下打滑（路面有冰凌）摔倒受的伤，她怀抱着左手，在一位汉子的搀扶下弓身走进诊断室时，我一眼就看到了她左手腕部的畸形，就大体知道她的腕部骨折了。问中年妇女从哪里来，身边陪同的汉子说出了一个乡镇的名字，但我一时没听清，问了几遍才弄明白是汤古乡。我问离县城有多远，他没回答具体的数字，只说是鸡丑山下。我"哦"了两声。我们来时曾路过鸡丑山，从那里到医院，估摸至少得有二十公里。

拍片结果证实了我的判断。按照我熟悉的工作流程，接下来就是与病人和家属交流沟通，讲清楚病情和治疗方案，求得理解和同意后采取手法接骨复位（中年妇女的骨折属于一种特殊类型，不需要手术）。准备好夹板，却没见我的新同事有任何动静，大约是在观望。我只好主动站到了病人面前，讲述病情。讲述病情的过程中，陪同的汉子接到一个电话，他把手机通话的声音开得很大，我清楚地听见电话那头说："如果骨折了，最好还是转到天全去。"我赶紧告诉他，我就是从天全来的。我的意思是希望中年妇女和陪同的汉子相信我们，从而避免跑几百公里的路。中年妇女和陪同的汉子交换了一下眼神，然后盯着我的白大褂上的院徽看了一眼，他们似乎从口音听出了我不是本地人，但我身上的白大褂却印着本地医院的名字和院徽，这让他们有些将信将疑——我穿的是早上从医院办公室领取的白大褂，我有些后悔来的时候没带自己穿过多年的工作服。

放下电话，汉子和中年妇女嘀咕了几句，他们说的藏语，我没听懂，但听懂了他们后来说的"先接上"三个字。接，就是骨折部位复位的意思。这是我希望的。凡事做决定总是困难的，一旦跨出第一步，接下来的事情就好办了。

果然，顺利地完成复位并固定上夹板之后，他们紧接着同意了就地住院治疗。在此过程中，我的同事胡开宾又一次显示出他丰富的工作经验。开始协助我复位之前，他先掏出手机交给身旁的一位新同事（我还叫不出名字），要他把我们复位的过程拍下来。复位完成之后，他仔仔细细地向陪同的汉子交代了注意事项和可能出现的问题，又嘱咐刚才替我们拍照的本地同事务必亲自将病人送到住院部。在天全，我们一起工作了二十余年，胡开宾心细如发丝全院闻名，没想到竟心细到如此程度。

九龙县民族医院坐落在狮子神山的半山腰上。出门即是从县城延伸出来，通往南部乡村的文化路。晚饭后出门散步时，我们选择了通往冕宁方向的路。一路上，免不了交流起两天来的见闻和感受。同事骆正霞被分配到住院部工作，她告诉我，我们上午收治的那个病人下午转走了。我一惊，问转到哪里去了。骆正霞说，听家属说是去天全（我们来时所在的医院）。我又一惊，一天以来的满足感和成就感，一瞬间荡然无存。

　　散完步回到住处，洗漱完毕已接近晚上九点。昨晚，我差不多就是在这个时间把那只猫赶出房间的。那时候我是真的太疲倦了。在它那么凄厉的叫声里，我是无法入睡的，所以动手把它赶了出去。可是今夜，直到我坐在桌前写下以上乱七八糟的文字，都再没见到它矫捷的身影，再没有听到它的叫声。我像清晨那样走出房门站到走廊上，透过玻璃窗，看见对面的八家铺子山巅之上挂着一枚弯月，在澄莹如海的天空上，亮汪汪地照耀着四野。我忽然为昨天晚上的行为感到后悔和不安。

　　但愿那只猫是找到它的伙伴了。

高处的呷尔新村

谁也不知道这条陌生的道路通往哪里。

尤其是这条路还修在半山腰，通向高处，并且有一段曲里拐弯的巷道似的起始，你就更加说不清，前方等着你的将会是什么了。二〇二二年一月七日黄昏，当我从在九龙县民族医院的住处出来，沿着医院门前的乡间公路散步的时候，就看到了好几条这样的路口。我本来是要去九龙县城的，但又一次没能经受住初访者必然会有的好奇心的驱使，在又一条差不多同样的路口摆在眼前时，我的脚步便不由自主地拐进了那巷道似的道路。后来，我特意站在路边一户人家门前，看了看紧闭的大门上钉着的门牌号码，才知道我们意外闯入的这个地方和我们工作的医院同属于呷尔新村。

开始的一段路还与途经医院门前的乡间公路垂直，碎石和着水泥铺就的路面凹凸不平，但还算得上宽阔——差不多可供小汽车单向通行。走在上面，足底有一种被人抚按的快慰。忽左忽右拐过几个弯之后，就有一堵石墙赫然挡在眼前。我以为走上的是一条断头路。我在好些地方见到过这样的路。走近了才知道，路在墙根下拐了个弯，变成了仅可供人行走的石梯步道，一条羊肠小道。

羊肠小道没几步便又折回来，继续维持着朝向高处的基本走向。沿着两旁的住家院子石头砌成的墙根，继续折过几个弯之后，一条差不多与途经医院门前的乡间公路并行的道路豁然横在眼前。因为是第一次来，尚不知道这条道叫什么名字，也许本身就是一条无名路。因为修在比途经医院门前的乡间公路更高的山腰上，除了隔不远就突出一小块平地，大约是为了会车专门拓出来的，其余路段只能供小车单向通行。

后来我才知道，如果时间回退十年或者更久一点，这里还只有稀稀拉拉的三五户人家，房屋远不像现在这样密集，无名路和后来立起来的房屋的地基上，那时还种满了洋芋、玉米、蒜苗、白菜，以及比现在多得多的核桃树、花椒树。后来立起来的那些房屋的主人来自五十多公里外的三垭、小金等乡镇，他们一来，便在呷尔村地界上聚集成了一个新的村子，这也便是呷尔新村的来历。可惜十多年前我还没有机会像今天这样出现在村子里，我只能通过本地同事和朋友口中的只言片语，凭借想象，勾勒出可能与实际情况相去甚远的当年情景。

不过这样也好。正好让我在一栋栋房屋间穿行时，保有足够充足的好奇心，而我看到（房屋有新有旧，有一些是水泥楼房，更多的房顶盖着红色或者青色的瓦片，房顶上袅绕着或浓或淡的炊烟）、听到（我尚未完全学会的一种口音浓重的语言——彝语，半生不熟的汉语，鸡鸭牛羊此起彼伏的叫声）、闻见（不知哪家刚刚出锅的腊肉、鸡肉、牛肉扑鼻的香气，若隐若现的牛粪、猪粪、鸡鸭屎、羊粪的味道）的一切，分明让我感觉闯入了一种似曾相识而又全然陌生的生活里。这是一种已然老旧不堪的生活的气息，它属于呷尔新村不太久远的过去，也来自呷尔新村的现在。在我踏上曲里拐弯的巷道似的路口，沿着一堵堵水泥砖头或者石头垒就的墙根，从东一棵西一株的核桃树、花椒树下经过时，恍惚间生出了这样的感觉。尽管已经置身其间，一切都近在咫尺，却似乎又都很遥远。

三两步冲上去，站在无名路上，气喘吁吁地回望来路。高高低低的房屋之间，一堵堵更低些的石墙若隐若现，东一棵西一棵擎在空中的树，只看得到树枝，看不见长在大地上的树根，感觉那些树就像是浮在那里的。也看不见刚刚涉足走过的羊肠小道，谁都知道它当然是在的，我来或不来，它一直就在那里，随时供需要的人穿行而过，宛如人体里的侧支循环——

21

如果把医院门前的乡间公路和我此刻所在的无名路看成两根大血管，我刚刚走过的羊肠小道就是连接在它们之间的若干根小小的交通支中的一条。当然，作为一条通路，它存在的意义并不单单是让我看见。

眼前的无名路是一段绵长的斜坡。道路另一侧是同样一户挨一户的人家，几乎家家都是二层小楼，房前都筑起了小院，都有高大的院门与无名路相连，院门四周是水泥砖块垒成的围墙。可惜我似乎来的不是时候，家家户户都院门紧闭，只看到几个小孩在路边的水泥空地上玩耍，否则，我很可能就会把这里当成又一座空村了。

正继续朝向斜坡高处走，一扇大红色的院门突然"吱呀"一声打开了。门框里钻出一位中年男子。我在惊异中站定，中年男子却若无其事地从左手臂上提起一件军绿色的棉大衣，抓着衣领接连抖了几下。看到我，中年男子咧开嘴，无声地笑了起来，似乎是在对没注意到我的出现表示歉意。中年男子身后的院墙上写着一行字——不要乱丢垃圾。字是红色油漆写就的，大约是写下的时间太久之故，字迹是明显地变淡了，但定睛细看，准确认出还不是什么难事。"不"字上端的一横起自第二块水泥砖块的下沿，往后的"要乱丢垃"似乎一直在试图挣脱，却被一股不知哪里来的力量束缚着，到了"圾"字，终于彻底地脱离了第二块水泥砖块，那行字因此看起来就变得有些杂乱，感觉不像是标语，倒像是谁家孩子调皮的涂鸦。我的目光越过水泥砖块垒成的围墙，看见中年男子家的阁楼。阁楼的木栏杆前种了一排海棠花，花树上擎着粉红色的花瓣，瑟瑟寒风中，看起来那么弱不禁风，不知道它们将在哪一场寒风中黯然凋落。

正和中年男子说着话，就看到一些身着"察尔瓦"的男人和身着"百褶裙"的女子，三三两两地从无名路两侧的房屋里或者小巷似的道路出来，在我前方不远，不约而同地朝着斜坡高处走去。他们都不说话，只管默然地向前走着，然后越过斜坡最高处，从我的视线里消失。

我禁不住问中年男子："他们这是怎么了？"

中年男子又是无声一笑："做道场呗。"

道场，就是为逝者举行的送行仪式。中年男子告诉我，那些"察尔瓦"和"百褶裙"送走的是一位七十多岁的彝族老人。仪式从昨天下午老人去世后就开始了，按照毕摩的旨意，仪式将持续到明天下午三点。这样，据说，逝去的人就会顺利地升到天堂。

等我也走到斜坡最高处时，听到了阵阵喧哗声。斜坡那边有一处洼地，洼地上辟出的一块长方形的台地上聚满了"察尔瓦"和"百褶裙"。走在我前面的那些，有的已经加入聚集的人群中，未到达的那些也正步履匆匆地往前赶。台地上拉了电线，挂着几盏大灯。离天黑分明还有些时间，那些灯似乎是早就亮起来了的，在这个冬日的黄昏，仿如一颗颗小小的太阳。

我听到的喧哗声就来自那块"灯火通明"的台地。它在两块山脊之间的低洼处，像茫茫大海上安然耸立的一座小岛。

站在无名路上，我的目光被台地上的灯光和喧哗声牵引着，几乎是不由自主地紧跟着身前的"察尔瓦"和"百褶裙"向前走去。没走几步，我便收住了脚步。因为我不敢肯定，我如此贸然地闯入，是否会惊扰到他们？乃至惊扰到老人已然迈向天堂的步履？

渐渐适应九龙的海拔后，我几乎每天下班后都会和医院里的几位同事一起外出散步，目标是和来这里之前一样的，每天至少完成一万步，每次不少于半小时。冬日的高原难得有一场雨，这倒也在无意间成全了我。但在二〇二二年一月七日那个黄昏之后，我就再也没走进过那些巷道似的路口，再没去过医院背后更高处的呷尔新村。

　　我承认我是有些害怕自己一旦走近，就会触景生情地想起那位在我到来之前刚刚仙逝的老人，甚或遇见同样的场景再次上演。我无缘得见那位老人的音容笑貌，但我总感觉自己认识他。尽管我也知道，这个世界每天都有人降生，也有人离去，活着的人总是有这样那样的目标要去达到，而死去的人在离去的那一刻，就已定格成了永恒。

风中的毛巾和雪山

我们初到九龙时的住处，在与食堂并排着的那栋楼里，后来新冠疫情反弹，那栋楼被临时征用，并且以最快的速度改造成了县里的医学隔离观察区。医学隔离观察区后面就是医院工作区，低处的峡谷底部就是穿城而过的呼尔河。我问过医院里的同事，说那其实是一条人工河。站在医院门前的文化路上，一眼就能看见宽阔的河道两侧条形石块和水泥垒就的河堤，那应该就是人工开凿最直接的证明。我们的新住处就在医院工作区最右侧的医技综合楼的最顶层。

那天中午，阳光炽烈，吃罢午饭，同事提议晒一会儿太阳，一同从食堂出来的几个同事于是站在食堂门前的院坝里。院坝里种了两排杜松，高的差不多到一层楼的高度，矮的也就到人头那么高，也许是间距离较大和单棵种植的缘故，颜色比峡谷两侧山体上的树明显要淡，在冬日炽烈的阳光下，似乎有些萎靡不振。对面的八家铺子山顶上依然覆盖着白雪，此刻泛着耀眼的光芒。从我们到来的时候起，那些雪似乎就是这个样子：

尽管每天都首先被从狮子神山顶上升起的太阳照耀，却没见少一些，也没有多一些；被人看见，同时也在高高的八家铺子山顶上俯瞰着人。

但人比不了树。晒了不到半小时便觉得头晕眼花，昏昏欲睡。只好转身回房间去睡午觉。大约是寒冷和冬日空气相对稀薄的缘故，到高原工作以后，我每晚总会醒来一两次，只好每天午睡，一个习惯就这样无形之中形成了。

午睡起来，后窗外的阳光已经移动到了狮子神山半山腰。打开后窗收取上午晾晒在空调室外机上的鞋子和毛巾。鞋子倒是在的，毛巾却不见了。不由得把头伸出窗户，透过空调室外机与墙壁之间的空隙，一眼就看到躺在空调室外机下方水泥台子上的毛巾，皱巴巴地叠放着。

不用说也知道，那是在我午睡时某一阵大风的杰作。在高原，风是永远不会匮乏的一样事物。一个人身在任何一个角落，说不定什么时候就会被风吹走了，与此同时，也有人或者别的什么东西不知不觉间就被风带到这里。你干活儿、吃饭、睡觉，走着、坐着、躺着，总是被无孔不入的风追赶，不是吹打在你的身上，就是换着花样吹进你的耳朵里。因此你就能理解，为什么我在看到毛巾的那一刻，竟会有一丝庆幸、一丝兴奋，进而有些忘乎所以。

　　由此你也就同样能够理解我稍后的举动：为了在下一阵可能更大的风（那很可能让我永远失去我新买不到三天的毛巾）吹起之前，我一手扶着窗台，一手伸向了躺在空调室外机下方水泥台子上的毛巾。一下、两下、三下，手指尖离毛巾一次比一次近，可就是够不着。我踮起脚，努力探出上半身，似乎已经触及毛巾的一角，可还是没能抓住，缩回手再看时，毛巾已经更紧地叠在一起，几乎就要团成一个毛巾球了。站直身体时，忽然听到一声不知道什么东西撞击或者撕裂的咔嚓声，或者就是身体摩擦窗台发出的，同时出现的是来自踮着脚尖的小腿肚上刀割般的疼痛。因为站立不稳，我一下就侧倒在窗前的床铺上，心脏和脑门上的血管又一次开始了轰隆响轰隆响、似乎随时可能喷薄而出地狂跳。

　　不知道躺了多久，反正是在感觉心脏和脑门血管的跳动渐渐平息，腿部可以站立的时候，我找来了一根小竹竿和一根小铁钩子，又一次站到了窗前。我先用竹竿戳住毛巾的中间部位，将毛巾挤压在墙面上，一点一点，小心翼翼地往高处拉，然后飞快地伸出小铁钩子死死钩住。我的毛巾于是得以顺利回到我的手中。

毛巾是回到手中了，身体的不适却也更重了，只好继续躺在床上休息，顺便打开手机浏览。忽地看到诗人钟渔的一组诗作《雪山上，有非人间的烟火》，仅这个题目，就一下击中了我，让我不由自主地想到对面的八家铺子山和山顶的白雪。于是挣扎着起身，缓步走出房门，又一次站在玻璃窗前，静静地向着八家铺子山顶望去。一时间，有好多话在脑海中盘旋，感觉却像是被一只无形的大手或者盖子紧紧地封上了，手足无措间，一个字也吐不出来。但不是因为紧张和激动，只是觉得此时此刻自己应该说些什么，可站在那里，和高高的八家铺子山对望着，竟找不到哪怕一个恰当的词汇来。我几乎是下意识地掏出手机，重读了一遍钟渔的诗句，希望借助诗人的灵感为脑海中的话语寻找一个出口，以治愈我此刻的失语症，结果却是于事无补，相反，我更不知道该说些什么了。

　　后来我问过钟渔，知道那首诗作写的是她在王岗坪看到的雪。王岗坪是石棉县乃至全雅安市境内离贡嘎雪山最近的一座山，直线距离两三千米，与九龙县城海拔差不多。在高原，雪是一种再寻常不过的事物。我无从知道在我之前和以后，还有多少人会像我一样，站在窗前凝视对面八家铺子山顶上的白雪，也被八家铺子山和山顶上的白雪凝视，但我肯定不是最后一个因此而失语的人。借用诗人的话说，也许，那些不知什么时候降临的白雪，真是有着非人间的烟火吧，因此它只管被人看见，也看着人，然后把一切都藏在心中，静默不语。

晚饭后准备出门，没走几步，便感觉胸闷和脑门儿血管的跳动又开始了。只得转身回到房间，躺下，戴上氧气导管，开始到高原后的第三次吸氧。

呷尔初记

　　九龙地处四川西部、甘孜州东南角，北连康定，东南毗邻雅安市（古称雅州）石棉县、凉山州冕宁县，西南与凉山州木里县接壤，让人油然想到一个流行已久的表达式：一鸡鸣三州。实际到了九龙才知道，在这个群峰林立、沟谷纵横，海拔高度悬殊四千多米的川西高原县份的任何一个地方，一声再高亢的鸡鸣，想要冲破层层大山与河流的阻隔，传到康定、石棉、冕宁、木里几无可能。"一鸡鸣三州"，大约只有在纸上或者臆想中才能实现。

　　到了九龙，成为九龙县民族医院的一员，广袤的川西高原在我，便由甘孜州九龙县进一步具体到了呷尔镇，并且落脚在了"九龙县民族医院"这块门牌后的那个院子里。

　　呷尔镇即九龙县城所在地。

　　也是到了九龙一些时日之后才知道，这个独一无二的命名，其实有其具体所指。三岩龙、八窝龙、麦地龙、洪坝龙、湾坝龙、速窝龙、菩萨龙、甲拖龙、雪洼龙，这是民国三年

（1914）置九龙设治局（相当于现在的筹备处，主管者权限相当于县长）时所划辖地。九个村寨，个个名字里都含"龙"字，故名"九龙"。藏语称"奇卜龙"，音译为"九龙"。又称"吉日宗"，因明穆宗隆庆元年（1567）在今九龙下辖的汤古乡中古村建了"吉日寺"，故称。民国十五年（1926）置县，先后属西康省政务委员会、西康省第一行政督察区、西康省藏族自治区、西康省藏族自治州；一九五五年十月，西康省撤销，改属四川省甘孜藏族自治州至今。

一篇题为《藏彝走廊的汉族移民与汉藏互动——以九龙为个案的考察研究》的文章里有这样的论述："早在元代，陕西籍汉族商贾便进入九龙经商，至今九龙三岩龙、呷尔、汤古等乡仍有不少陕商的后裔。自清代中前期，随着四川人口数量的急剧膨胀与嘉庆年间清廷镇压白莲教导致的一系列战乱，不少汉族人迫于生计迁入藏彝走廊，部分汉族人进入九龙或经商、或垦殖。"论文作者是在九龙出生，毕业于四川大学的历史学博士王玉琴。论文同时引用了民国时期九龙县县长段崇实的话，以佐证其毋庸置疑的严肃性和可信性："九龙为汉、康、倮三族杂居之地，堪称西康全省民族之缩影。""大抵倮族由冕越侵入，居处东南；康人多游牧，接近康定之北区。汉人住居中部。"西康省设置于民国二十八年（1939），一九五五年撤销，省会曾设于康定、雅安等地，管辖范围包括如今的四川甘孜州、凉山州、攀枝花市、雅安市及西藏昌都市、林芝市；冕越，即比邻九龙的冕宁和岳西两县。我走访过不多的几个乡镇，请教过若干位九龙人，耳闻目睹的结果是：即便是到了现在，九龙境内汉、藏、彝并存的民族分布格局，也大抵还是老县长段崇实曾经描述的样子。有一天，我受邀和几个九龙朋友喝酒聊天，席间向他们问起九龙的来历，他们竟异口同声地大叫起来："九（酒）的故乡，龙的传人！"一边叫着，一边邀约在座的人，举起杯盏，一饮而尽。我看着他们，被他们的热情感动得想要流泪。

沿河路、绵九街、团结上街、顺山街，说是县城，其实也就这四条近乎平行排列的街道。全县面积达6770平方公里，总人口却只有五万多，而县城常驻人口也就一万多一点。地广人稀，这样的词似乎就是专门为九龙这样的县量身定制的。由此可以说，九龙既是小的，也是大的，或者也还可以说，九龙所拥有的不是通常意义上的小和大。

四条街道任何时候都干净整洁，街边鳞次栉比的店铺、餐馆有大有小，但都装了差不多同一式样的门庭，感觉和走在其他地方的街道并无任何两样。偶有车子从别处开来，停在街边远离摄像头的地段或者枝叶茂盛的树荫下，驾驶者大多坐在座位上等，不会下车；果真有需要锁了车门走进街边店铺里去的，也选最靠近车子的地方站着或者坐着，一旦听到有人喊"来了来了"，或者自己看到有闪着警灯的警车远远驶来，便以最快的速度冲出店铺，发动车子迅速离开。即便是在周末，街上的行人也不多，"来了来了"的叫喊声和警笛声，老远就能听到。

有一条河穿城而过。原名呷尔河，九龙置县后改叫九龙河，自北向南，贯穿九龙全境之后继续南流，最后汇入雅砻江。在县城地界，河两侧都筑起了高高的河堤，河堤上装了彩灯。夜里，站在两侧高处的山间看过来，宛如县城的第五条街道。沿河自下而上，有查尔大桥、离壁桥、林业大桥、彩虹桥，四座大桥依次连接东西两岸。冬日站在桥上，寒风吹起，感觉像是有无数把刀子在身上刮，先是脸，然后是脖颈，接着是裹着厚重御寒衣服的身体；到了炎热的夏日，那风便摇身变成了一把无影无形而又永动的大电扇，你站在桥上，也便站到其风力覆盖的中心，耳中萦满呼呼呼的吹拂之声，周身的燥热很快离你而去。河的源头海拔4500米，河口海拔1600米，2900米的天然落差，蕴藏的是巨大的能量，不知什么时候有人发掘并将其变成了资源，修起了水电站，河流因此隔不远便被截流一次，蓄积出一块块蓝汪汪的高山湖泊。出县城往南不远就有一块，冬日里，湖里蓄满了水，沿湖布了一人多高的铁丝网，将所有像我一样的看湖人蠢蠢向前的脚步拦在湖岸，却一点也不会影响你静立在湖边，看一圈又一圈波纹在湖面泛起，又不停地向远处荡漾开去。湖里有鱼，可对于湖面的变化和你的到来，鱼儿们似乎并没有感觉到异样，或者感觉到了却一点也不在乎，只管在蓝汪汪的湖水里，成群结队、自由自在地游啊游。

在藏语里，呷尔的意思是大坝子。但作为九龙县城所在地，似乎只有在民族广场，才让人觉得"呷尔"名副其实。站在广场任何一个角落，都能看到县城两侧高耸的山头，像面对面站立并且向后斜着身子、彼此默然相视的两个巨人。东为狮子神山，西为八家铺子山。冬日，东一块西一块的巨大岩石裸露在整片焦黄的山体上，初来此地的人乍看一眼，定会误以为那就是一片不毛之地。等到了夏天，山体慢慢变得绿油油的，满山的草叶间，各色花朵次第开放，恍若一块巨大而多彩的屏风，你这才恍然大悟：原来那里生长着如此蓬勃的山花野草。

广场被团结上街末端一分为二。靠近狮子神山的一半是水泥铺就的地面，沿狮子神山的一边划出了一溜临时停车位，不管什么时候，车位上总是停满了车子。靠近街心的一边立着健身器材，偶尔会看到有人在那里悬吊、摇摆、翻滚。虫草上市的季节，那里便成了九龙县城最热闹的地方之一，一个挨一个的小摊点上摆满了刚刚从山间挖得的虫草，摊点之间挤满了人，有本地口音的，也有外地口音的，藏话、彝语、四川话、普通话混在一起，声音有高有低。我好几次路过时，总禁不住停下来，听他们就虫草的价格和行市展开的时而激烈时而平静的讨论。

广场的另一半是一个大平台，地面铺着大块彩色瓷砖，旁边立着巨大的电子显示屏。夜色还未降临，人们便陆续在此聚集，有穿汉族服装的，有穿彝族服饰的，也有着藏装的，有大人也有孩童，音乐声一起，便纷纷加入舞动的队伍，嘴里跟着音乐哼着，欢快地舞动起来。我后来参与过一次由医院组织，在广场举行的义诊，来找我诊治伤病的人当中，好些就是傍晚时分出现在广场的舞者。

每到周末的傍晚，广场上的人潮中便会出现不少穿校服、戴红领巾的孩子。骑着滑板车、小单车在人群里穿来穿去的那些，开始的时候还有伙伴在身后追，骑行的人还不时扭头朝身后瞟一眼，以此决定接下来骑行的速度。后来追赶者似乎是追累了或者找到了别的更好的玩儿法不再追赶，骑行的人于是俯下身，加快了脚下蹬踏的频率，一心一意飞速地骑行起来。打羽毛球的那些，起先只是两个人对打，后来不断有人申请加入，可加入后排队等着上场的人还没轮完，就有一方收起球拍，一旁的人于是呼啦一下围拢上来，就刚刚结束的那个球到底是谁输谁赢，或者是在界内还是界外，展开激烈的讨论。拍篮球的孩子通常稍大一些，大约是小学五六年级的男生，广场上没篮筐可投，只好一个劲儿地拍着，一边拍一边在人群中闪转腾挪，仿佛是专门为练习运球功夫而来民族广场的。

广场靠近棉九街的角落里立着三头牦牛塑像，皮肤被涂成深褐色，但背、颈、头大部分已变成淡黄色，显然是人为的结果。最前面的一头雄壮地昂着头，一动不动地盯着前方，似乎是在考虑是否该继续前行。在它身后不远处跟着一对母子，母亲扭着头，注视着身边的孩子，它们身后就是九龙县城最古老的街道——绵九街，它们好像刚刚从绵九街上到这里，正等着身前探路的父亲传来的信息。九龙牦牛素有"中国牦牛——世界之最"之称，体形硕大，驰名中外，想必这也就是县城里唯一一座广场被命名为民族广场，并且立着牦牛塑像的原因。

有孩子不断在塑像牛背上爬上爬下。我第一次去广场时，看到一个满脸青春痘的男孩儿爬上"母亲"头部后就一动不动地坐在那里，广场上的人差不多散尽了，他才放开抓住牛角的手，离开"母亲"的头，一个人消失在"母亲"身后的绵九街上。他走得慢吞吞的，似乎不是在走，而是被什么东西牵引着，一点点朝前移动，看上去有着远远超过他这个年龄段的孩子所能体会和承受的沉重和忧伤。他有一张稚嫩而帅气的脸庞，那天他从广场离开的时候，我注意到，他的眼眶里无声地盈满了泪水。后来每到周末去广场，我都会在人群中仔细找寻那张无数次在脑海中浮现的脸，却再没有见到过他。

后来有一天，我从民族广场动身，经过团结上街返回住处。那是初春的夜晚，街上行人稀少，我正走着，忽然听到一阵嘚嘚、嘚嘚的踢踏声，扭过头，看到街对面有一头牦牛，正若无其事地沿着团结上街行进，不知道去向哪里。

我刹那间惊住，以为是刚刚在广场上看过的哪头牦牛，跟着我跑了起来。

作为县城，呷尔有一所初级中学、一所高级中学。九龙县初级中学就在从县城到我工作的九龙民族医院之间的路边，校园依山而建，我每天去县城的便民门诊上班或者去县城办事，都要从校门前经过。平日里，校门口除了身着制服的保安，见不到其他人，一到周末放、收假时间，校门口便聚满人和车，叽叽喳喳，热闹异常。我有几次想要到校园里去走走看看，但一想到正在满世界疯狂肆虐的新冠疫情，也就打消了这个念头。九龙县高级中学在县城另一头，"九龙县高级中学"几个大字立在一栋高楼顶上，站在初级中学门口的路边抬起眼，越过县城鳞次栉比的高楼，远远就能望见。学校名牌和所在的高楼上都挂着彩灯，一到晚间便闪亮起来，使得"九龙县高级中学"比县城里其他任何楼宇都要鲜亮，都要分明。

在团结下街街口，有一家江西人开的大超市。当然，这里所说的大，只是相对于县城里其他店铺而言的，和外面大城市里的那些大型超市比起来，其店面和店里的实际面积也就相形见绌了。但店里挤了一屋子的货架，货架上摆满了各种货物，吃的、穿的、喝的、用的、抽的……完全算得上应有尽有。我每次去，都买到了想要的东西。第一次结账的时候我就发现，老板说标准的普通话，据说来自遥远的江西赣州。我在别的地方和几个江西人成了要好的朋友，因此一听说江西，就有一种亲切感。

在团结上街靠近民族广场的地方，有一家重庆面馆。在店里工作的是几个年轻人，分不清谁是店主，哪些是店员。他们说话的口音一样，一问才知，都来自四川靠近重庆的一个县。其中，两个在后厨忙碌，一个坐在收银台，一个负责送餐和打扫桌子和地面的卫生，一个坐在收银台前的角落里摘菜、包抄手，分工明确，有条不紊。一碗二两的面价格十三元，比内地高出大约两到三元，但盛面的碗都是大碗，面的分量明显比我之前在内地餐馆吃过的任何一碗都多。味道也是地道的川渝味。我和同事去吃过一次就喜欢上了，以后每个周末上街去吃早餐，我们都径直去了那里。

从我们工作的九龙县民族医院去县城，有三条街与途经医院门前的文化路形成"H"形。以"H"上的短横杠为界，左侧的上方是团结上街，下方是团结下街；短横杠右侧下方即是文化路，上方就是顺山街。

九龙人把顺山街叫作背街，说的是街的地理位置紧贴县城东侧的狮子神山，街道东边的房子几乎都是搭着狮子神山建起来的，好多人家房子最后面的墙壁就是狮子神山；也说的是街道逼仄，本来是双向两车道，但街上总是有车辆进出，街边的餐馆和商铺又总是有货物要运来或者发出，必须有车辆停放的地方，有关部门于是将西边的一半划成了停车位，供车辆暂时停放，街道于是变成了更加逼仄的单车道。

初到九龙那天晚上，我们在医院的院子里停好车子，把行李放在住处，就被同事拉进县城，然后坐电梯上到一栋依山而建的房子的四楼，在一间藏式房屋里享受了一顿丰盛的晚餐。晚饭后，在另一位同事的陪同下，我们沿着来路步行回住处。尽管那时天色已晚，还呼呼地刮着刺骨的寒风，但初来乍到的新鲜感和新奇感还是战胜了浑身的疲惫。

那是我第一次去顺山街。那时候，我还只注意到了街上行人稀少、街道逼仄，街边的店铺早早关门闭户，来不及弄清楚这个街名。

第二次去顺山街是因为老杨。老杨和我是同一个市的老乡，这也便是他那天请客的理由，地点就在顺山街上那家著名的牛杂火锅店。到了才知道，老杨同时邀请了县卫健局的一位领导和两位同事。老杨点了很多菜，中间几次起身为我们搛菜、倒酒，可直到下桌离开，锅里都还剩有不少牛肉、牛杂。

　　通过席间彼此的话语，我更了解了他们一些，也更了解九龙这个地方一些。说起来至少有三点：最新一次的行政区划调整后，九龙县下辖16个乡镇；同事罗中·乌卡和勒格是老乡，来自离九龙县城四百多千米的湾坝镇（离雅安下辖的石棉县城却只有五十公里）；老杨在调到九龙县民族医院之前曾在湾坝卫生院工作了十多年，如今生活在湾坝镇的孩子，至少有三百个是他接生的，老杨每次再回到湾坝，那些他负责接生过的产妇和孩子只要听说了，就会取下自家的腊肉，逮住自家的大红公鸡，装上本地山货，送到他住的地方。每一次，差不多都要找一辆小汽车才能拉走。在座的两位同事是土生土长的湾坝人，老杨的事让他们觉得很不好意思，因为每次他们和老杨一起下乡回到湾坝，认识并招呼他们两个人的，加起来都没认识老杨的多。

　　大约是老杨的经历，让我们都由此及彼地想到不少人和事，加之那天是老杨请客，以上三点，我们说得最多的自然还是他这个主角。最后，在座的人一致得出一个结论：作为一名医生，必须不断提高自己的诊疗技术水平；但有时，再高的诊治水平、再好的医疗技术，可能都抵不过一句让病人感觉贴心的话。

　　文化路与顺山街相连的地方（"H"的短横杠处右侧），裸露着几块嶙峋的山石，石缝间长着几棵树。不知道那些树是什么品种，但在我隆冬时节第一次看到它们的时候，还是些光溜溜的枝条，到了春天，便满树绿油油的叶片。每次去顺山街，我都会在树下站上一会儿，都会感觉那些树似乎又更绿了一些。

路上的冰雪

鸡丑山是甘孜藏族自治州九龙县和康定市之间的界山。那是在鸡丑山九龙县一侧的一处路边空地上，再往前，翻过山去就是康定。我靠着我驾驶的车子，迎着太阳站在路边。周围的地面、树枝和我身后的道路上堆满了积雪。我穿着厚厚的皮夹克，戴着围巾和手套，以抵御呼呼的寒风里裹挟着的刺骨的寒意。

说不清那场雪是什么时候下的。十多天前我们来时，路边的山体上白雪覆盖，但穿山而过的公路上却是干的，因此我们才得以一路畅通地去到目的地。或者那就是若干场雪累积而成的，在高原，不要说十多天，就是一夜之间，也可能有许多意想不到的事情发生。何况那是在海拔接近4300米的鸡丑山陡峭的南坡，即便是在炎热的夏季，冰雪也是再寻常不过的事物。更何况那还是在冬天，积雪和路面结冰简直就是眨眼之间的事情。

4300米，那是公路隧道所在地的海拔。鸡丑山有若干座山峰，海拔都在4800米至5000米，就是在公路隧道筑通之前，盘山公路必经的姜孜垭口海拔也达4600米。作为康定与九龙的界山，翻越鸡丑山的公路也是九龙县去往甘孜州各县及内地的主要通道。

路面堆积了一层薄雪，雪下面结了厚厚的冰，停下之前，我的车载导航系统至少三次显示出黄色的"路面"标识，同时响起笛、笛、笛的警报声。有两次，车载导航系统甚至还没来得及显示黄色标识，车屁股就不停地摆动了起来，感觉那车不是在路上行驶，而是风浪里的一叶小舟，正随着风浪飘荡。我不由得更紧地握住方向盘，目不转睛地盯着前方，努力控制着车速，缓慢前行。

路边立着几棵杂树，更远一点，还有几棵落叶松，在过去不太久远的国营林场年代，想必它们都还是茂密的原始森林里极不起眼的小树，因此才得以幸存至今。但在我小心翼翼地转扭动方向盘，将车子停在那块路边空地，然后钻出车子，站在雪地上的那一刻，我最先注意到的并不是那些树。那时候，我正沉浸在惊魂过后的紧张和后怕之中，一心只想着停下来，好让我有机会钻出不停摆动、似乎随时可能漂移起来的车子，双脚踏着雪地，让自己悬着的心放下来。

后来，也就是我途经鸡丑山，顺利回到我来时所在的地方以后，我总时不时翻看一下留存在手机里的那张站在雪地里拍摄的照片，我在高原的点点滴滴于是一次次在眼前、在脑海、在心中翻腾而起。

　　穿过鸡丑山隧道就是另一番景象了，尽管路两侧的山上、路边的沟渠里依然铺满积雪，但在炽热的阳光照耀下，路面上的积雪早已化尽，除了偶尔闪现的一汪雪水，真叫人怀疑我们到来之前，路面上是不是也曾铺满了积雪。一座山自有其阴阳两面，就是在其阴面和阳面，也还可以进一步区分出阴与阳来，如此，也才组成了一座完整的山。由此可以窥见，阴阳——这一简朴而博大的哲学思想，是如何通过对立、统一和互换，准确地表达世间万物的本性和关系的。所谓"一阴一阳谓之道"，说的大约就是这么个道理。

　　那是有生以来第一次驾车在冰雪路面上行驶。即便到了现在，我依然能够感觉和体会出坐在车里、四下里白雪皑皑、车身不停摆动起来时，心底里生出的各种假设、联想，依然觉得，这样的道路，走一趟可能就是一生。

关于老马和我的三次微笑

私下里，同事们大多叫她老马，偶尔也有管她叫马老的。因为都是声母"l"和"n"混淆不清的四川人，最初听同事们管她叫马老的时候，我还误以为同事们说起的是"玛瑙"。我知道好些本地同事利用业余时间做一些力所能及的副业，但不敢相信竟然有人会做"玛瑙"买卖。很快，我就从同事们说话时的神情和话语所涉及的事情听明白了，他们说起的原来是他们的院长，而不是以二氧化硅为主要成分的"玛瑙"。

老马和我同龄，今年四十九岁。按照孔子的说法，都是即将"知天命"的人，已经不再年轻，但要说"老"，似乎就有些为时过早了。

用老马的话来说，我们是"老庚儿"。第一次听老马用"老庚儿"来形容我们两个人的关系，是在来九龙之前，老马带领一拨九龙的同事赶到天全，在我们就职的医院和我们见面、座谈的时候。座谈会有一个流程，是向九龙县的同行介绍我们即将前来甘孜高原工作的三个人。说到我的年龄时，老马笑着打断了座谈会主持人的话，插了一句："我们是老庚儿啊。"说着便将目光向我端坐的方向扫过来。在座的人于是纷纷笑了起来。我也笑了。作为一家医院的一把手，却在这样的场合和我这样一名普通的骨科医生攀"老庚儿"，很自然地让初次见面的我们，尤其是我，觉出一种亲切感，感知到一种亲和力。座谈会接下来的气氛因此一下就变得轻松和谐了不少。

我注意到，长期的高原生活在老马脸上写下了十分清晰的痕迹，本就圆润的脸颊上缀着两坨浓重的高原红，那一刻笑起来时，似乎有一种难以掩饰的羞涩。

到九龙不久后的一天，医院办公室通知我们参加一个会议。通知上说的会议地点在五楼，可医院有并排耸立的两栋五层楼房，第四层修了天桥，让两栋独立的楼房有了紧密的联系。我以为会议室在右侧那栋，赶到了才发现那里乱哄哄的，四下里弥漫着浓密的烟尘，几个工人正在热火朝天地铺设地砖。我赶紧下到四楼，沿着天桥跑到左侧那栋楼上去。那是医院的门诊兼行政办公楼。我从楼梯爬上五楼，果然看见一道紧闭的双扇门上方的"会议室"三个字，门内传出似曾相识的说话声。

我站在门外的走廊上仔细聆听，是老马在讲话。她的语速有些快，声调很高，让人恍若觉得门内是一间教室，负责教书育人的老师正在训斥一群顽劣的学生，有严厉，也有恨铁不成钢。需要我参加的会议还有一点时间才开始。我决定到会议室外的露台上抽一支烟。

跨过露台的门，才发现有个同事已经先我一步赶到，嘴角叼着烟，低头在手机通讯录里翻找，刚把手机举到耳边，便看到了我。同事知道我也抽烟，一边等电话接通，一边从兜里掏出烟盒，快速轻抖了几下，然后用食指和拇指捏住香烟盒的中间，将终于冒出来的那根烟的过滤嘴朝向我递过来，又变戏法似的将香烟盒揣回衣兜，掏出打火机。我朝他摆了摆手，然后兀自点燃了手里的香烟。这时候同事的电话也接通了，他开始对着手机说话，顺便将正要打着火的打火机揣回衣兜里。

露台上风很大，两个人嘴角吐出的烟雾刚从嘴里冒出来，呼啦一下便没了影踪。为了不影响同事打电话，我退回到了露台门口，因此得以清楚地听见老马的讲话，语速和语调似乎比刚刚开始时还要急切，还要高亢。

同事的电话打完时，手里的香烟还有半截。可同事似乎已经等不及了，将烟放进嘴角，连续猛吸了两口，两大团浓重的烟雾随即袅绕在他的头顶，很快也随风飘散开去。同事将烟头丢在地上踩灭，经过我身边走回会议室的时候，抬手在耳朵边绕了一圈，又指了指会议室门口，无声地笑了笑。

我也笑了。我知道同事是要回到会场上去，但他不想让我们的说话声传入会场，不想让更多的人知道他在会议即将结束的时候还跑到露台上抽烟打电话。

这是我们到来后参加的第一次会议。其实就是一个简单的仪式，让同事们知道我们来了，我们会干什么、将干多久。后来，还有过一次有县、局领导参加的同一性质的座谈会，因为生病，我没能参加，不知道具体的情形，能说出的也就是这第一次：主持人老马介绍完参会人员，然后要胡开宾、骆正霞和我挨个发言，最后照例是她的总结性讲话。我因此记住了不少同事，也记住了老马的声音。无论是介绍参会人员，还是最后的总结性讲话，老马都显得有些激动，说起话来，一直那么急切而又高亢，像一块瀑布在永不止息地倾泻。

我静静地听着，分明感受到一种异乎寻常的热情。

医院的食堂建在院子左侧的石槛下，通过一节石梯与院子相连。到九龙的第一天，老马便带着我们去食堂见了王姐，告诉她，我们三个从今往后要在食堂吃饭。又对我们说，想吃什么可以直接给小芝说。小芝是王姐的名。事实上，在我们来之前，在老马的亲自过问下，有关我们生活工作的一应事宜，早就做好了周到细致的安排，我们哪儿还有什么渴求呢？

食堂里有一张长条形的餐桌、两张大圆桌。从到来的第一天开始，我、胡开宾、骆正霞就都坐在长条形餐桌的一头。长条形餐桌有八个座位，刚开始一段时间，我们一坐在那里，本地同事就都跑到大圆桌上去了，把整整一张长条形餐桌留给了我们三个人。没过多久，我们坐下，本地同事们也跟着坐到旁边的空位上，一直到长条形餐桌挤得满满当当的。我们一边吃饭，一边聊些大家都感兴趣的话题，聊到高兴处，整桌人便都轰然而笑。有时候也会就某个病例展开激烈的讨论，这时候我们的嗓门都变得很高，在找到彼此都信服的共同点之前，谁也不服谁，似乎都不想因为嗓音太小输给对方。我们借机向他们学了不少本地话，包括本地口音的汉族话、藏族话、彝族话，然后学着像本地人一样和他们交谈。时间渐久之后，除了脸颊尚未来得及变得像他们一样黝黑或者呈现出美丽的高原红，我们差不多就是本地人了。

老马一出现在食堂，情形往往会陡然间发生不易觉察的变化。老马每天差不多都是最迟赶到、最后离开的那个人。她总是和同事们有说不完的话，大多数时候是闲聊，但有时刚坐下，她便想到医院里某件迫在眉睫的工作，于是不由分说和身旁的同事说起来。她似乎很善于见缝插针地找时间。有时候说着说着，她就变得有些激动了，放下碗筷，像在会场上那样急切地慷慨激昂地和同事说话。等她说完了想起吃饭时，碗里的饭菜都凉得差不多了。因为初来乍到，对他们说到的事情又不太了解，我们只好收了声，把自己变成一个忠实的听众。

我们到来之后，医院有过几次内部设备设施和办公用品的搬动。时间通常是在周末。通常都会组织全员加班，然后全员在食堂吃王姐专门准备的晚餐：腊肉酸菜洋芋面皮汤。腊肉是王姐从市场上买回来的腌制的本地猪肉，酸菜是高原特有的菜疙瘩加工而成的，洋芋是本地主要特产之一，面皮则是王姐亲手用小麦面揉成的，配上葱姜蒜和白菜，味道鲜美无比。每次王姐都会煮上满满一大锅，总是很快被我们一扫而光。

平时老马只在食堂吃午饭，但每次全院加班过后的晚餐，从没见她缺席过。她和大家坐在一起，不时起身端起餐桌中间的凉菜，让那些只顾埋头吃面皮汤的同事无论如何伸筷子夹一点；在同事们即兴回忆起刚刚完成的搬运工作中的趣事或者某个瞬间时，说一些个人的观感和言简意赅的补充，然后和同事们一起哄堂大笑。我也微笑着，静静地看着老马，她脸颊上那两坨浓重的高原红，此刻就变得更红了。

这样的场合，难免要提及彼此的家庭。从老马和同事们的言谈中我知道了，老马有两个孩子，儿子在部队当兵，已经提干；女儿刚刚大学毕业，正准备考研。一说起孩子们，老马仿佛换了一个人，脸上荡漾着无上的自豪与幸福。那是一个中年女性，也是一位母亲，才有的神情。

徒步经过文化路

文化路就是从甘孜藏族自治州九龙县城出来，途经九龙县初级中学（所以叫文化路），通往九龙县南部乡镇的一条逼仄的公路。九龙县南部的乡镇包括乃渠、乌拉溪、朵洛、魁多、子耳、湾坝、洪坝。湾坝、洪坝距离县城四百多公里，我迄今只途经乃渠，去过四十多公里外的乌拉溪和一百多公里外的朵洛。我工作的九龙县民族医院就在文化路旁边，狮子神山半山腰的一个院子里。

从我们在医院的住处楼下出发，经文化路，走初级中学门口外的水泥石梯小路到团结下街，距离1060米，用时11分20秒；从团结下街出发，走顺山街口，沿初级中学门口的大路，经文化路，回到我们在民族医院的住处楼下，距离1260米，用时12分35秒。

团结下街是九龙县城的主干道，医院在那里开设了一个便民门诊部，我被安排每周一三五去那里坐诊。以上这组数据，是我到医院便民门诊部上班第一天，通过手机地图应用程序记录下来的。在手机应用程序上，从住处到团结下街的路像一根弯弯曲曲的长绳，在县初级中学门口，这根长绳挽成了一个小小的结。从抵达九龙，开始每周一三五到便民门诊部工作，到结束在藏区的工作离开，我没一次把这个想象中的结完整地走通过。它就那么存在着，躺在甘孜藏族自治州九龙县呷尔镇的地面上，也在我脑海里缠绕着，某个不经意的时刻，猛一下把我拉扯回高原的阳光里去。

高原永远不缺阳光。在我到达九龙后所写的《逐日记》里，起初还和惯常所见的日记那样，每天都会在日期、星期几后面记上当日的天气，后来索性就把"晴"字省略了，因为我发现，在我到达后的一个月里，竟然只有一次雨天、一次阴天，我真要把每天的天气记下来，绝大部分日子都不过是在重复。这种重复是机械性的，相比而言，我更喜欢差不多每天都会出现的太阳重复的照耀，因为在这样的重复里，我能够感知到一种确定无疑的动感。

春天里，早晨我徒步去团结下街的时候，太阳还停留在对面的八家铺子山上；下午下班回到住处时，太阳已经移动到后面的狮子神山山顶。中午下班回住处吃午饭时，太阳还在我左前方的头顶，等我午休后出门赶去团结下街上下午班的时候，太阳依然在我左前方的头顶。

文化路靠山一侧是若干栋依山而建的屋宇，有若干农家和杂货铺，有一个住宅小区，还有县初级中学。杂货铺的门从早到晚都开着，但我很少看到有人走近货架，不知道铺子的生意是如何维持下去的。住宅小区其实是县里的廉租房，挨挨挤挤的几栋高楼，墙面被刷成了淡黄色。我有一位九龙的同事，北川人，大学毕业后求职来到此地，就住在其中的某栋楼里，可我从没在上下班的途中遇见过她。

另一侧除了面朝文化路开门的几户人家，大部分路段砌了高出人头的水泥墙，墙面均匀地涂抹了一层水泥，灰色的水泥墙经过长时间的风吹日晒，已经变得接近于青色，个别地方裂开了细细的缝隙，水泥墙因此显出一丝老态龙钟的味道。墙根下是弯弯曲曲的人行道。我通常选择靠墙而行。尤其是下午出门上班的时候，高高的水泥墙正好可以为我挡住大部分的阳光，越过墙头照下来的部分，顶多照射到我的头顶。

高原正午的阳光总是很炽烈。初来九龙，刚开始徒步去便民门诊部上班的日子，一踏上文化路，我就禁不住抬起左手，盖在头顶，试图挡住越过路边水泥高墙照射下来的阳光。我抬起来放在耳边的手，连着我的头顶一同被映照在路面或者墙脚，乍一看，像一个人在侧耳聆听不知哪里传来的消息。很快就发现我此举其实是在徒劳的，无论我抬手与否，耳边、头顶、身上总是同样感觉到热辣辣的；我抬手盖在头顶，除了把我从来来往往的人流中区分出来，别无他用。有此发现之后，我就彻底地豁出去了，在往返于文化路的途中，不再抬手试图遮住或者"聆听"什么，而是只管和其他人一样甩开膀子往前走；除了脸上暂时缺少长年累月高原风吹日晒的印痕，看上去就和一个本地人无异。

我很喜欢这种状态和感觉。一路上没一个人是我认识的，对于我的突然闯入，文化路上的人们似乎从没人在意，即便有人在意也不是什么大不了的事情：我赶来高原，一个人出现在文化路上，别人如何评头论足，那是我无法控制的事情。我只管无声无息地游走，从我在医院的住处到团结下街的便民门诊部，又从团结下街的便民门诊部回到住处，像一尾水中的鱼，自由自在，无拘无束。

除非下雨（这样的日子实在稀少）或者飘雪，每天午后都会有一拨老人坐在水泥墙根下，其中有几个围着小方桌，心无旁骛地玩儿扑克；很多时候我下班回来，老人们仍旧坐在那里，参与玩儿扑克牌的，依然是我上班时看到的那几个。我从没听到他们高声说话，就是打扑克的那几个，也只是默默地围坐在小方桌前，微笑着慢悠悠地把扑克放在面前的小方桌上。老先生们大多戴着帽檐宽大的帽子，老太太们戴着花花绿绿的头饰，大约是为了在阳光下看清楚牌友们出的放在小方桌上的扑克牌。

不管多么强烈的阳光，老人们身上都穿着厚厚的衣服，从自若的面容和神情上可以大致判断出来，他们应该都是本地人，很可能就住在路边的那些房子里。也许他们并不是真的有多冷，他们只是习惯了每天必须要在阳光下晾晒一下自己而已。或者他们比谁都清楚，有些寒意是从身体内部冒出来的，必须吸收一场接一场的阳光才能与之对抗。他们为此已经在太阳下晒了大半辈子，现在老了，就更加离不了了。

路边的那些农家，几乎家家院子里都有一个柴火堆，清一色从山里拉过来后被砍刀砍成小块的青冈，垒得都很高，一头向着公路，另一头向着院子或者屋檐下的墙壁。向着公路的一头整整齐齐的，看得见清晰的铁锯锯过的痕迹，由此推断，那些青冈大概都有着统一的尺码。但它们就那样沿着同样的方向垒放在一起，而且垒得那么高，不免让人担心什么时候会轰然垮掉。后来我问过若干个土生土长的本地人，才知道柴火的堆法是有讲究的，那种十字交叉的堆放方式，只在火化逝者时才能见到；而堆在家里的柴火，必须方向一致，整整齐齐地码放。至于如何进行有效固定，高原人自有自己的法子。这样的法子，已经过一代代先人的验证，其适用性和严谨性，一点也不用怀疑。

除了柴火堆，几乎家家院子里都种上了树，有桃树、核桃树、花椒树。不是样样都有，但种些什么是必须的，要么是桃树，要么是核桃树或者花椒树，总之没有一家让院子里的土地空着。我第一次来时是冬天，无论是桃树、核桃树还是花椒树，都还是光秃秃的枝条，等我春天里第二次来的时候，桃树上刚刚挂上花骨朵，没几天，就满树粉红。差不多与此同时，核桃树的枝条上开始长出毛茸茸的叶芽，继而长成嫩绿的叶片。

每一天走在文化路山，我看到的桃树、核桃树、花椒树似乎都与头一天不同，当我无意间望向它们，想着它们果实累累的日子，心下就有些禁不住生出一种别样的憧憬来。这么说起来，感觉似乎有些矫情。不错，桃、核桃、花椒都是我过往的生活里再寻常不过的可食用之物，现在，我将有机会目睹并见证，它们是如何在枝头一天天长成我熟悉的样子的。这是有生以来的第一次。这样破天荒的第一次是高原呈现给我的。想想都令人激动啊。

　　我还是没过多久就被人认出来了。最先认出我的就是住在路边我不知具体位置的某栋房子里的一位老人，但我记得老人的名字和年龄：王四郎扎西，72岁。因为腰和双脚的疼痛，到多家医院找好些医生看过，腰部的疼痛是减轻了，就是双脚一走路就疼。听说我们来了九龙，便在女儿的陪同下，好几次来医院找我看，我在医院本部上班的时候他就来医院本部，我上便民门诊部的时间他便去便民门诊部。

　　大约十多天以后，有一天中午我下班以后走在回家的路上，突然从墙根下的阴影里走出一个人，拉住我的手臂——经过我的治疗，王四朗扎西基本上可以正常走路了。我望着笑呵呵的老人，有些不敢相信自己的眼睛。老人无论如何要我去他家里坐坐。我当然地谢绝了，老人似乎还不死心，我往回走，他便跟着我走，一路上有一搭没一搭地和我说着话，一直到我踏进医院大门。告别的时候，老人又一次郑重其事地邀请我有空儿时去家里坐坐，我看着老人，严肃认真地说了一声："好！"

　　隔一日，我照例去便民门诊部上班，水泥墙根下照例坐满了晒太阳的老人，一路上都没见到王四郎扎西。及至我完成在高原的工作任务离开，我也都没在文化路上见到他，我再次被堵住的担心如愿没有出现。但我分明感觉到，墙根下的那一双双目光正无声地落在我身上，我甚至听见有人低声在说："就是他，李医生。"仿佛生怕身边的人不知道我这个内地来的医生，或者错过了某个难得一见的场景似的。自打那天我和王四郎扎西老人一起从文化路走过之后，那些目光里似乎就平添了些什么，那么明亮，那么温暖。

同样的目光，我只在我的父辈或者祖辈眼中见到过。

含情脉脉的高原反应

拉着行李箱跨进电梯轿厢时，忽然感觉哪里不对劲。

电梯最靠里的轿厢壁装上了整壁的镜子，我在镜中看到了自己的身影——镜中的那个人，似乎一夜之间变得高大了许多——但我竟然看不清楚自己的脸。其实是看见了，只是不太清楚和分明，模模糊糊的，就像隔着毛玻璃看一个你熟悉的人，鼻子、眼睛、嘴巴，甚至鼻梁上架着的眼镜，都能看出个大概，却怎么也无法和你记忆中的样子画等号。

这感觉，和我第一次到折多山时所经历的高原反应十分近似，但又不完全像，有一种不太明晰的错位之感。是的，就是错位。就是稍后随着电梯升到五楼，可感觉却像是在不断往下坠落的那种感觉。就是你"啪"一下打燃打火机，却老长时间无法把火苗对准烟头；好不容易点燃了，抽了两口，却发现是从离烟头无限远的部位燃起来的那种无奈。就是你明明要指定的是一个人的左眼，伸出手指，却指向了那个人的鼻梁甚至是右眼的那种错愕。

同事觉察到我的异样，问我怎么了。

我说我的眼睛。

有位同事于是凑拢过来，盯着我的眼睛，伸出手正要提起上眼睑的时候，几乎惊叫了起来："啊，好红！"同事当然知道结膜充血，但脱口而出的却是"好红"，只能说明我的结膜充血是真的把同事吓着了。也就是到了此时，我才弄明白赶来的路上，眼里为什么会有越来越重的异物感，越来越看不清东西。

这是我第二次来甘孜州九龙县。第一次来是在两个月前，那时候，中国农历还蹒跚在寒冷的冬天，高原最难熬的季节，而阳历已经进入今年一月。那也是工作计划要求我们必须到位开展工作的时间。

得知我们重返的具体时间，同事们早早就安排好了晚饭。高原人的热情天下皆知，体现在饭桌上，就是丰盛的菜肴和美酒。我们放下行李，简单洗漱过后便被拉上了酒桌。因为浑身实在难受，我本来不打算喝，但实在架不住同事们的热情，只好放弃了白酒，接受了一杯之前基本不喝的红酒。因为有这个序曲，后来有位同事端起酒杯找我碰杯的时候，在座的人都盯着我看，似乎都把我当成了当晚喝酒多少的标尺。一人不快，举座不欢。我不想做那个让"举座不欢"的"不快之人"，更不想让人觉得我就是那个"不快之人"，所以不得不和在座的人一道举起了杯子。喝完第一杯随即续上第二杯，第二杯没喝完就要再续上的时候，我是无论如何没敢再接受。我不想拂了同事们的美意，但身体里越来越明显的不适太过凶猛和强大，我已经无力鼓起勇气再行违逆自己意愿之事。

我能够做的，就是在晚餐结束后，在同事的陪同下跑去餐馆旁的药店，购了盐酸左氧氟沙星滴眼液、维C银翘片、连花清瘟胶囊。店主与陪同的同事是多年老友，这些药是同事和店主商量后让我买的。同事问我"要得不"，我说当然行。同事家世代行医，二十多年前从雅安来九龙县工作，治好了无数九龙人身上的顽疾，几年前刚从乡镇卫生院调进县城，他的建议，我没任何理由不接受。拿到眼药水，我赶紧请同事帮忙滴了几滴。当亮汪汪的左氧氟沙星药液滴入眼眶，一阵凉丝丝的感觉过后，眼前的景物一下就变得和往日一样明晰了。

最难熬的事情出现在晚间。首先是阵发性的剧烈咳嗽，总是在刚刚入睡后不一会儿便开始了，一开始便接连咳上好一阵，怎么也控制不住。每次都浑身发紧，尤其是胸口和肚皮。咳嗽好不容易暂停之后，就感觉胸口和肚皮一阵温热，一阵阵撕裂般的疼痛。大约就因为此，也可能是感冒导致感觉迟钝之故，中途几次离开被窝，冒着零度以下的严寒出门，经过黑漆漆的走廊去楼房另一头的卫生间，竟丝毫没感觉到寒意。

与睡眠一同受困的是眼睛。每次咳嗽过后，双眼就湿漉漉的，伸手一摸，满眶都是泪水。此情此景，如果是大白天被不明就里的人瞧见，肯定会以为我是遇上了什么无法言说的伤心事，否则怎么会有那么多的泪水，涌现在一个中年男人的眼眶里？眼睛睁不开，因为睫毛被眼屎紧紧地粘了一起。伸手一摸，指尖下是好些大小不等的块状物，抠掉了稍大块些的，还有更多的是细小的颗粒附着在睫毛上，怎么抠也抠不干净。只好拿起纸巾，浸了水，擦洗了好几遍才勉强可以睁眼和闭眼。但在睁开眼的时候，眼前依然是恍恍惚惚的，整个世界好像蒙上了一层厚厚的帷幕，而身体则像是悬在了半空，轻飘飘的，如果生有一双翅膀，极有可能随时飞将起来。

在举世闻名的《失明症漫记》里，葡萄牙作家若泽·萨拉马戈讲述了因为无名病毒导致人类失明后的种种境况：当真实世界瞬间从眼前消失的时候，屋里和屋外，这里和那里，我和你，我们和他们……整个世界，处于一个巨大的牢笼之中，到处是末日般的恐怖景象。繁忙的城市，一个人的失明微不足道，但当整个城市失明，一切便都崩塌了……我心里清楚自己并不至于失明，却还是禁不住把自己假设成了萨拉马戈笔下那个驾车途中发现自己失明的人，并且随他一起经历了后来他所经历的所有事情。这样一来，反倒觉得自己其实是多么幸运了。

用过药的第三天，眼里就再没有眼屎生出，咳嗽也减轻了很多，因此我才有精力和心情翻出第一天晚上自拍的"红眼睛"发了一条消息到微信朋友圈。消息刚一发出，便被一位经常在高原出没的朋友看到了。朋友第一时间给出了几条如何克服高原反应的建议，并且就我发红的双眼回复了一句话：

含情脉脉的高原反应

看着手机屏幕，我会心地笑了起来。如果记忆没有出现大的纰漏，这是我有生以来第一次遭受"红眼病"的困扰。在这里，它似乎可以从一个侧面为我证明，我确是带着对高原的爱恋而来的。高原当然地明白了我的心思，为了让我的外表更接近于内心最真实的情感，有意让我的双眼呈现出含情脉脉的样子。

高原，总给人意外的惊喜。

石头多的地方

沿248国道去冕宁方向，南行近九十公里便开始进山。

山口放着一根横杆，所有进出的人和车子必须在横杆前停下。我所坐车的车窗还没完全摇下，路边的阴影里便冒出一个男子，小跑着来到车窗前，问我们去哪里、去干什么，然后指着路边水泥墙上张贴的两张二维码图片，要我们扫码，登记个人信息。先是场所码，然后是防火码。我们来的地方属"低风险区"，到九龙已逾半月，场所码当然是绿色的。接着扫防火码，微信弹出一个公众号，关注过后对话框里弹出一个小框，最左边是一只手，往右指着一行字："点我，开始进山登记！"我坐在驾驶室里，看见小框里手枪样端着的手，还没看清后面的字，男子便从我手里抢过手机，接连在屏幕上戳了两下。接过男子还回来的手机，还没回过神来，男子已跑到车头前，伸手抬起了拦在我们车前的横杆。从对流程的熟悉和具体操作可以看出，男子应该是个驻守山口的老手。

尽管有防火码上的"进山"提醒，我还是想象不出我们即将进去的是什么样的山。来之前，曾听本地朋友这样说起朵洛：工作靠酒，出门靠走，治安靠狗。说的当然是进山的公路筑通以前的情形。朵洛是一个彝族乡，彝族汉子喜欢喝酒天下皆知，因此到朵洛工作或者办事，喝酒差不多是一项必备的技能；地处高山，又不通公路，外来者也就只能靠脚步来丈量进出的距离，而朵洛人呢，即便是在公路筑通以后，上山干活儿也基本是步行，因为公路并不能通往所有的山巅和谷地。据说，就是如今公路筑通了，进出的山间小道上依然时常有人出没，因为你不知道什么时候，那公路就被落石、塌方给阻断了；也因为地处高山，难得有生人到来，真有陌生人出现在村子里，可能也不会被朵洛人发现，这时候就轮到狗儿们大显身手了——对于经常进山寻找猎物的它们来说，看家，可是首先必须具备的本领。

我在《四川省九龙县地名手册》里看到，朵洛是一个藏语地名，意为石头多。我们的车子穿过山口不多的人家，沿着谷地的溪流上坡，没多远便是一个回头弯，弯道的尽头卧着一堆乱石，乱石间，一眼山泉汩汩地淌着甘冽的泉水。我们的车子刚停稳，便听见一阵响亮的喇叭声，每一声都在山谷间回响。抬起头望着往右拐向高处的道路，只望见一处高高的山崖，很长时间不见汽车。对面也是高高的山崖，山体上裸露着大大小小的石头，因为距离的缘故，看不清石块到底有多大，只能看到支出来的"头"。等我们洗过手，又捧起甘冽的山泉水喝过之后坐上车子，便见右侧的公路上轰隆隆驶来一辆越野车，车上只有司机一个人。会车之际，司机又一次摁响了喇叭，我赶紧也摁了一次。这是我学习驾驶技术时，那个跑了多年货车后来改当起驾校师傅的老司机告诉我的行车礼仪，开始驾车以后，我一直谨记师傅的话，并认真遵照执行。

往右拐出不远，道路便开始沿着山崖蛇形弯绕起来，路面也陡然变窄，只容得下一辆车单向通行。那道路显然是在山崖上硬生生开凿出来的，高处悬着岩石，里面一侧是凹凸不平的岩石，就是路面上也不时堆积着碎石；外面一侧自然就是悬崖了，有多高不知道，因为不敢看也无暇看。现在时兴减肥，有些肥胖的女士为了所谓的美感，拼命地勒腰束胸。我后来在山崖下拍了一张照片，照片上，那山体上道路形成的痕迹差不多等同于一个超级胖子长时间勒腰束胸后留在身体上的凹痕，区别只在于，一个是为了所谓的美感，一个是为了方便通行。

我握着方向盘，目不斜视地盯着前方的道路，把车速放到最慢，生怕一不小心就吻上路边哪块面目狰狞的岩石，或者经不住路面成堆的碎石的挑逗，即便不会腾空而起（当然不是欢腾），也可能因为车身的摆动，轰隆一下侧翻到路边的悬崖下。正紧张间，又一次听到山间传来急促的喇叭声，不由得更加小心翼翼地紧握着方向盘，没多远便见一辆越野车迎面驶来，竟和我们一样是川T车牌的。心头霎时生出一种因意外产生的亲切之感，但转瞬就被迫在眉睫的问题取代了：怎么办？对方大约也看到了我们的车牌，但对方很可能是这条道上跑过不止一次的"熟手"，没等我反应过来，已经开始将车子往后倒了。对方一动，我也跟着动起来。尽管路面逼仄且多弯，但对方倒车的速度竟比我前进还快，很快便在一处专供会车的开阔地停了下来。会车的时候，我特地踩下刹车、摁响喇叭，并且探出头，冲对方说了声谢谢。一个脸堂黝黑的中年男子坐在驾驶座上，从开着的车窗里扭过头，冲我微笑着摆了摆手。

那一刻我心里其实就在打退堂鼓。我们在山口问过一位正在地里下种的大姐，说是到我们要去的朵洛卫生院还需要半个小时。可没想到刚开始的这段路就给了我们一个"下马威"。听说过道路不好走，但没想到会如此险峻。会车的时候，我特别注意了一下那块开阔地，据我目测，要在那里掉头几乎是不可能完成的事。再说，同事胡开宾作为医院指派的疫苗接种保障人员，已经坐另一辆车先行去了朵洛，为了兑现昨晚许下的陪同他去朵洛的诺言，我们已经开车走了两个多小时，实在不想半途而废。这也是我多年的职业习惯使然。作为医务工作者，任何时候，一旦为患者制订了治疗计划，就会不折不扣地执行。移换到日常生活中，也就是"言出必行""一言既出，驷马难追""说到做到"……这些古老的人生信条。

会过车后便是一个回头弯，道路折返，驾驶一侧因此换到了道路靠外一侧。经过刚才的一段路，现在坐到了相对远离山崖的位子，又无暇看一眼车身外的悬崖，无法亲眼看到悬崖之悬，紧张的心绪不觉间放松了许多。大部分路段装了防护栏，有些地方不知什么时候被高处的飞石砸中，或者说不定就是某次车祸过后的遗迹。有一段防护栏差不多完全掉脱下来了，一头连着最后一根竖桩，另一头绳索似的吊在路边的悬崖上，不知道掉下的部分有多长，留下几根光溜溜的竖桩歪歪斜斜地立在路边。我本已放松的心重又紧张起来。终于，在越过一堆碎石之后，我看到了溪流，前方是一座大山，看不清也无法想象通往高处的道路是什么样的，但毕竟离开了山崖，心里不由得长长地舒了一口气。

我在溪边停下车，掏出一根烟。这样的时刻，再没有比抽烟更适合的了。点烟的时候，才发现自己的手竟在像帕金森症患者那样止不住地发抖。我抽着烟，同事骆正霞又一次拨打起了胡开宾的电话。昨晚，胡开宾接到参与疫苗接种保障工作的通知时，我们就自告奋勇地决定随他一起来朵洛。我们三个人，同时受医院指派，以"医疗支援"的名义从几百公里之外赶到这里，对于我们个人而言，也就是换个地方继续当医生，干一个医生该干的活儿；但是，我们毕竟是受医院指派前来的，事实上也就代表了医院（不只是医疗技术）。来之前我们是医院的一分子，来到高原了，我们仍然是医院的一分子，或者更确切地说是一个临时性的微缩"医院"。我们没有理由不守护好这个由我们三个人组成的小小的集体。这是我们理应奉为圭臬的集体主义。如果我没记错，这是骆正霞第七次，也可能是第八次拨打胡开宾的电话，结果不是"无法接通"，就是"不在服务区"。我心头刚刚重燃起来的打道回府的念头于是在手里的烟头熄灭之前彻底打消了。我征求骆正霞的意见，她也觉得我们必须往前走。

往前走的路全是上坡。起先一段沿着溪流弯曲蛇行，没多远便是一个接一个的回头弯。路面依然逼仄，感觉却和山崖路段明显不同。明晃晃的阳光透过车窗映照进车厢里，路两侧的坡地种满了核桃树、花椒树，树下的土地难得看见一棵草，有几块地里似乎下种得更早些，黄灿灿的土块间长满了幼小的玉米苗、洋芋苗。因为地处高山，光照充足，洋芋、玉米、核桃、花椒便成了朵洛主要出产的农作物。阳光普照下的核桃树、花椒树、玉米苗、洋芋苗取代了悬崖和巨石，撞入眼帘，映在心间，就显出亮堂，滋生出愉悦。

朵洛乡政府就建在核桃树掩映的山坡上，旁边就是学校和乡卫生院，远远看去，像一个被世人遗忘在山间的微型村子。如此陡峭的山坡，你想大也不可能大起来，只能因地制宜、顺势而为，这些古老传统的词汇在朵洛再次被书写。我们在路边的一块树阴下见到胡开宾时，他正在和身旁的几个人交流着什么，大约都是医疗机构的同行，在讨论接下来的预防接种工作。我们像失散多年的亲人那般冲向胡开宾，他似乎没想到我们真会出现，见到我们，明显地愣了一下，然后呵呵呵笑了起来。

赶紧回程。尽管已经想到过这一趟的不易，但在车子驶到山崖下时，我们还是着实被惊住了。我们的车子越过小溪进入山崖地段，便见前方不远的悬崖上不断有石块在掉落，砸在路面、车顶和挡风玻璃上，嘚嘚、咚咚、当当地响个不停。看路面，有一堆一座小山峰似的碎石，想来就是由若干次这样的飞石堆积而成的；看高处，一块张牙舞爪的巨大岩石，正无声地冒着浓浓的烟尘，那些落石就是从那里掉落下来的。这时候起了风，扭动的烟尘里，那块巨大的岩石似乎也随时可能落下来。我迟疑了一下，下定决心踩下了油门，我们的车子于是轰隆着，脱缰野马似的向前冲了出去，一直冲过整个山崖路段，在胸腔里咚咚的狂跳中在山崖下的那个拐弯处停住。

那块悬着的巨石终于没在我们经过时掉落下来。

但在我心里，乃至此刻在回忆里，又一次重温起从山崖下逃也似的经过的时候，它分明已经轰然落下，砸中了我大脑中某根敏感而又脆弱的神经。尽管不至于瘫软如泥（否则我那时候怎么可能驾着车顺利经过那块飞石滚落的山崖），但心惊肉跳却是真真切切的。真是后怕呀。满脑子都是"如果……"已然变成现实后的恐怖场景，仿佛自己果真已经横躺在了那块巨石下面。越想越觉得可怕。

行驶到山泉边的那个拐弯处时，我再次停下了车，捧起路边的山泉水洗了一把脸，然后抬起头，打量我们刚刚经过的山崖。我想如果日后有人向我问起朵洛，我一定会告诉他：这里，真是一个石头多的地方。但这只是我个人的感受。每一个去过朵洛的人，所获得的感受定然是不同的。

　　就在准备重新上路的时候，接到医院马院长发来的信息，要我们赶紧返回，语气恳切而又严厉。就在刚才，同事骆正霞将我们战战兢兢地路过山崖时拍摄的短视频发在了微信朋友圈，没想第一时间便被马院长看到了。后来得知，以前，就有和我们一样从内地来甘孜藏区工作的同行开车外出时发生了意外，一整车的人全部离世。看来我们这趟出行，着实让马院长担心了。

一场约定的背景与注释

差不多是从我们抵达的第一天起，就有本地同事不断发出邀请，有机会约我们一起去"耍坝子"。我知道"耍坝子"就是亲朋好友一起到野外唱歌、跳锅庄舞、喝酒、烧烤、野营之类，并一直心向往之。可我还来不及表示谢意，同事便紧接着补充道：不过，要到六月以后才能去啊。我起初有些不明就里，后来听到架在车顶上每天到处游走的喇叭里飘出的"森林防火条例"，又问过其他同事之后才知道，每年十月一日至次年五月底，都是高原的防火季，严禁野外用火。没有火源，"耍坝子"这样古老的野外活动便在很大程度上失去了本来的意义，最起码是缺少一种古已有之的仪式感。

后来翻阅《九龙县志》，在其中的"大事记"一栏里，我读到如下几条九龙历史上发生的火灾记录：

民国四年（1915）年初，湾坝二台子烧地边引起特大森林火灾，延烧四十多天，烧毁森林两万亩。

民国二十年（1931），呷尔白杨坪农民砍火地，引起森林火灾，大片原始森林被毁，引发泥石流，毁灭一个五户农民居住的小堡子、二百多亩耕地、十二层高的石碉一座。

民国二十九年（1940）年初，呷尔热枯沟发生特大森林火灾，延烧一个多月，烧毁森林五万多亩。

民国三十一年（1942）年初，踏卡纵火驱兽，引发特大森林火灾，延烧时间长达4个多月之久，烧毁森林九万亩。

民国三十五年（1946），是年春，三岩龙藏民外出驮运，野外用火未灭，引发森林大火，延烧一个多月，烧毁盐水沟、山埂子以下正沟森林数万亩、寺庙一座。

民国三十六年（1947）年初，三垭上排洼堡子后山烧草坡，引起森林大火，烧毁森林约三万亩。

一九五〇年年初，斜卡纳布厂发生森林大火，延烧两个多月，烧毁森林约五万亩。

一九六一年年初，汤古乡中古后山烧炭引起森林大火，县工委组织机关单位、民兵、群众一千多人灭火，在四天内扑灭林火。

我看到的这本《九龙县志》出版于一九九七年。这本县志里记下的，肯定不是它所涵盖的时间范围内九龙发生的所有火灾。世界上每天不知要发生多少大大小小的事，即便是再权威再完整的野史正传，也不可能把所有大事小情全部囊括其中。尽管如此，我想我手头的这本《九龙县志》里记下的这些森林火灾，也足以作为同事的约定所以定在六月以后的背景，并为之做出强有力的注释。

同样可以作为背景与注释的，是一九九七年之后发生、县志里无法列举到的若干次火灾。仅就我从与若干位九龙人的交谈中了解所知，再加上我个人的经历，至少有五次。

第一次是在二〇一九年一月七日，发生地为子耳乡，火场海拔高度在1600米到3200米之间，过火面积约四十公顷。

第二次是在二〇二〇年四月一日，发生地为上团乡运脚村，起因为雷击，过火面积估算有190公顷左右，火灾未造成人员伤亡。

第三次是在二〇二一年四月八日，发生地为三岩龙乡柏林村，火场海拔3300米，过火面积超过十亩，起火原因为雷击。

第四次是在二〇二二年二月十六日，发生地为呷尔镇呷尔村热枯沟，起火原因为通信光纤输电线搭接短路，过火面积一百七十多公顷，受灾森林面积七十六公顷。

这四次发生在不同地点、不同年份的森林火灾，只需在百度搜索框里输入"九龙县森林火灾"，便能检索到更准确、更详尽的信息。有一天重修《九龙县志》，很大可能也会被纳入，也成为"大事记"后续的组成部分。

第五次发生在鲁家湾，隶属于乌拉溪镇的一个路边小镇，具体的地点，是鲁家湾一农庄旁边的居民点，专供居民点内有红白喜事时使用的公用厨房，时间是二〇二二年四月一个阳光明媚的周末。尽管和森林无关，基本没有被县志录入的可能，但在我看来，它同样地顶着火灾的名头，与前述那些已经被记入和尚未来得及记入县志的森林火灾相比，其惊心动魄的程度，并不见得就轻多少。

鲁家湾那家农庄里的酸汤鱼很好吃，那天我们是专程去吃鱼的。我们赶到农庄、喝着茶等酸汤鱼上桌的时候，突然听到有人惊呼"着火啦、着火啦"，随即便看到居民点的公用厨房上空腾起大股浓烟。当天居民点内并没有什么需要使用公用厨房的大事，公用厨房里的火灾反倒成了一件大事。住在居民点的人、农庄里的厨师和服务员，乃至像我们一样去农庄就餐的食客，纷纷循着浓烟冒起的方向，闻声赶到了现场。

没有谁号令，但凡到场的人，纷纷自觉排成了长龙，将从公用厨房外的院坝边的水龙头上接满清水的水桶和脸盆，快速地朝着公用厨房传递。看不见公用厨房的小屋冒出的火焰，只见混合着水汽的烟雾，不断从公用厨房紧闭的门窗和房檐下的空隙蹿出屋子。有人趴在外墙上，不由分说撬了门窗。门窗打开的一刻，从屋子里扑面而出的烟雾和水汽，让门窗前的人纷纷打了个趔趄。水桶和脸盆里的水随即透过瓦背和撬开的门窗，泼洒进不断冒起的滚滚浓烟里。有人发现这样做可能不一定足够管用，如果火势继续蔓延，很可能烧到公用厨房旁边的房屋，随即进到公用厨房旁边的居民家里找来塑料管，直接连上水龙头，持续朝着公用厨房冒烟的角落喷洒起来。随后响起了尖锐的警笛声，装满灭火器材和消防队员的消防车也赶到了公用厨房。大火随即被快速而彻底地扑灭。

这时候，农庄专门负责做鱼的厨师才得以返回他的岗位，我们点下的酸汤鱼才得以下锅。接近下午3点，我们回到农庄，在农庄的院子里随意选了一个棚子瘫坐下来。棚子是全玻璃钢组装而成的，比居民点的公用厨房还要高大宽敞。亭子旁边长满了我不知其名的树木，有一些繁茂的枝叶，大手似的伸到棚子上方。铺天盖地的阳光从玻璃钢棚顶和树叶间投射在棚子里，耀眼的阳光下，饥饿和疲惫的双重作用让人昏昏沉沉的，仿佛刚刚完成了一次万米长跑。一大锅美味的酸汤鱼终于摆上桌时，我们毫无顾忌地狼吞虎咽起来的样子，一定像极了传说中转世投胎的饿鬼。

农庄对面的山崖几近九十度峭立，山体上看不到任何植被，很可能就是长不出来，站在农庄门口仰望，感觉就像面对一堵高不可攀的巨大石墙，如果倒将下来，粉身碎骨和深埋其中是必然的。傍晚走出农庄，想起刚刚赶到这里、火灾尚未发生时这个曾经在脑海中一闪而过的念头，我有些不敢确信我是不是太过杞人忧天了。

正午的哭声

那个农历四月的正午，有着热辣的阳光和强劲的大风。但当我从甜美的午睡里猛然醒来时，只注意到从窗帘的缝隙间投进屋内的阳光，并没想到我竟是被一阵紧似一阵的大风惊醒的。

在高原的日子，因为缺氧和寒冷，我每晚都会习惯性地醒来一两次，美好而充足的睡眠成了一件极其奢侈的事情，以至于白天里稍有闲暇便昏昏欲睡，每天那一个多小时的午睡，便成了必须且弥足珍贵的事，也才恍然明白为什么连莎翁都会说"一切有生之物，都少不了睡眠的调剂"。

赖在床上，捧着脸使劲揉搓了几下，双手摊开来时，从窗帘的缝隙投进来的阳光正好不偏不倚地照在掌心，像舞台上的探照灯射出的光柱，明亮得有些刺眼。我不由得眯上眼，再睁开来时，便看到细细密密的烟尘，一粒粒，挨挨挤挤地从掌心四周升腾而起，然后穿过光柱，消失在光柱之外的阴影里。肉眼看不见的事物，通常被我们看成是消失了，实则它们很可能只是从我们的视线里移开了，移到我们目力所不能及的地方隐藏了起来。毫无疑问，这里的阴影和这样的隐藏都是相对而言的。事实上，那些烟尘一直都存在，只是很多时候，我们眼里缺少了那样一束光柱，因此便在不知不觉间把自己变成了"有眼无珠"的盲者。

正望着那些尘埃出神，一阵巨大的声响忽然在耳边响起，呜……呜呜……呜呜呜……呜呜呜呜……一声比一声高亢，尾音越拖越长，像极了一个妇人撕心裂肺的恸哭。这声音感觉很近，却又一时不知道是从哪里发出来的。我身体里残存的睡意瞬间没了踪影。侧耳细听，那呜呜声却突然停下了。但不是真的停止，而是暂时歇息了。等我拿着脸盆和毛巾走到走廊另一头的卫生间时，那声音便又再次响了起来，呜……呜呜……呜呜呜……呜呜呜呜……还伴着轰隆隆的闷响。我疑心那轰隆隆的闷响是牙刷在口腔里搅动发出来的，于是咬着牙，停住手，一动不动地立在洗漱台前，那渐次加重加长的呜呜声于是再次变得无比清晰起来。

卫生间的后窗外就是呷尔新村。那是一个彝族村寨。冬天的某个正午，我曾误打误撞地到过村子里，碰巧遇上一位老人的丧事，满脸悲戚的族人们身着盛装，看不到泪水和哭泣，想必是极度的悲伤让他们脸上的泪水已经流干，依然流着的，只能在心里无声地流淌了。村子里，几乎家家房前屋后都种上了核桃和花椒树，因为距离的缘故，看不到树干根部和它连着的大地，感觉那些树就像是浮在离地不远的空中的。

此刻站在窗户后面，已看不清我冬天里走过的道路，但同样能看见村子里的房屋和种在房前屋后的核桃和花椒树，依然感觉那些树就像是浮在离地不远的空中的，可每一棵树蓬勃繁茂的枝叶断然地否定了我，将这个我曾经十分强烈的个人感觉定位成了错觉。也看得见菜地里的洋芋苗，我最先看到的菜地还是一垄垄白色的塑料薄膜，后来薄膜中心开始冒出细细的嫩芽，再后来白色的薄膜便一点点被绿油油的洋芋苗取代。有位农人戴着草帽，蹲在垄间逼仄的空隙里，大约是在清除混在洋芋苗里的杂草。没有我想当然以为的丧事，也没有别的什么意外。

到底是谁在如此美好的中午痛哭？为了什么而哭？

我们住处的楼下就是病房，住着好几个病人，早上我和同事们一道查看他们病情的时候，他们都还是好好的，但很多时候，疾病的变化多端是谁也无法预料的，说不定什么时候，凶险的情况就出现了。在医院，意外几乎就是常态。想到此，我几乎是条件反射似的直冲到了楼下。值班的同事看到我嘴角的牙膏泡沫和搭在肩头的毛巾，纷纷露出讶异之色。病区里并无任何异常。

我问："谁在哭？"

同事们显然被我的话问蒙了："哪里？没人哭啊。"

我举起食指，冲同事"嘘——"了一下。同事见状，便没再说话，手里的动作也停下了，转而跟着我，警惕地四处张望。过了不大一会儿，同事们便哈哈大笑起来："哪是什么哭声呀？是风声！"

我有些不敢相信自己的耳朵，但看着同事确定无疑的神情，我一下子就没了言语。对我这个外来者的小题大做，同事似乎习以为常，就像他们对呜呜的风声早已习以为常一样。为了让我彻底放下心来，同事接着便起身去关掉了走廊两侧房间里的门窗，刚才还十分清晰的呜呜声，瞬间细弱得几近于无了。

我看着同事，有些哭笑不得。

大风之中的那些声音，原来就来我栖身其中的这栋房子。这个发现让我震惊。一阵风过了，另一阵风又起，这栋钢筋水泥的房子还是那样巍然不动，但在最初的那场大风过后，我分明感觉到我置身的世界有什么地方已经悄然发生了变化。

抵抗风暴，人永远无法和他置身其中的建筑物相比。

对于一幢建筑，人们通常会自以为是高高在上地把自己当作主人，但在高原，不知道什么时候就会吹起的大风，有力地篡改了这个定位，即便是再能言善辩的人也无可辩驳，只能在大风刮来时哑口无言，并且以最快的速度把自己委身于眼前离自己最近的那栋房子。"耳得之而成声，目遇之而成色。"（苏轼《赤壁赋》）风是自在的，自然世界的一切都是自在的，人在其中，总霸道地以为自己是主动的角色，其实一直在"被"自然"动"。我们总是鼓吹要认识自然、改造自然，实在是有些大言不惭，不自量力了。自然一直在那里，并且总是按照自己的轨迹变化着，该起风时起风，该落雨时落雨，该飘雪时飘雪，正当我们的改造行动进行得如火如荼的时候，很可能我们已经实实在在地被改造了。

经过这个农历四月的正午，我可以言之凿凿地说，我曾听到过风的哭声。

风知道它想要的

时间稍稍长些之后，我有一个惊人的发现：大多数日子，高原的风像是一个嗜酒如命的醉汉，总是在午夜某个我未曾注意的时刻停歇下来，到第二天中午时分才慢慢苏醒，然后满血复活，满世界找寻它离开仅仅一夜的房子、窗棂、门扉、挂在窗前的红辣椒、堆在屋檐下的青冈木柴火、树木、花草、晾晒在衣架上的衣服、经幡、风马旗、雨伞、赶路的人……霸道地抚摸、撩动、拍打、撞击、撕扯，无所顾忌，没轻没重。

我的这个发现最先来自春末的一个雨天。

风是高原最不缺的一样东西，但在雨季来临之前，雨却是稀罕之物。那天，整个上午都还是艳阳高照，午后开始阴云密布，傍晚时分，便哗哗啦啦地下起了雨，雨点又密集又猛烈，我早起后洗好晾在雨棚下的衣服，瞬间被淋了个透湿。下了班，我和同事都打着雨伞去食堂。到高原工作以后，每天傍晚下了班即去食堂吃晚饭，差不多已经是一种基本的生活定律。可风雨不像人，且全然不会顾及人的想法、愿望、意志，当我们自以为弄明白了其规律时，它就变了，而我们却还停留在原地，抱着既定的印象、感觉、观点，惊诧之余，大呼意外、没想到，一时惊慌失措。好在同事准备了雨伞，并且主动提出与我共享，结果两个人的裤子和上衣，都被雨水淋湿了，就连头发也差不多全被飘进伞下的雨水打湿——因为有风，雨就斜着飘——对于冷不丁地下起来的这么一场雨，风似乎也变得异常兴奋，吹的比此前任何时候都要急切和欢快。

等我们吃罢晚饭从食堂出来，雨已经停了，院子里那排绿油油的杜松树，静立在越来越深的暮色里，纹丝不动。我就知道，在我未曾注意的某个时刻，风也跟着停了。但风不是在躲避什么，而只是暂时地歇息了；哪怕是一个人，天生有一副无可比拟的好嗓子，也不可能一直吼下去。原来，爱使性子的风，也是知道累的。

又一日，确切的时间是谷雨前两天，我早上出门去上班，一出门，便迎面撞上一阵刺骨的冷风，只好瑟缩着身子返身回屋，把月初那场大雪时穿过两天后整理归仓的厚衣服又翻出来穿上；再出门，感觉却并没暖和多少。到了办公室，同事们都在说冷，好像又回到了冬天，都说往年这时节白天都是大太阳，要下雨也是晚上飘一阵就完了，没想到今年还是春天就不分青红皂白地下起雨。不知道这是什么鬼天气，却少有人提到风。也许人们都和我一样，只是在心里默默地咒怨这场过早"醒来"的风吧。这是我在高原度过的第一个完整的春天，无从知道往年的天气到底是什么样的，对于同事们的抱怨，我只能似是而非地嗯啊着，像一个毫无基础的插班生在课堂上面对老师的提问那样无所适从。

更让人意外的事情出现在傍晚，天空飘起了鹅毛大雪。不大一会儿，县城两侧的山巅便覆盖了厚厚的积雪。却没有风。这个春末的日子，呼呼的大风一大早就醒了，没有人记得它是什么时间停下的。往日，这个时候正是大风肆意吹拂的时候，可是今天它却悄无声息地隐藏了身影，真叫人疑心，它是不是也跑到哪个角落躲藏了起来，正静静地望着大片大片的雪花从天而降，暗自窃喜。而雪花呢，因为大风的突然退场，下得比任何时候都要迅捷，都要密实，一片接一片，直直地从天而降，仿佛根本不是在降落，而是被大地上一双双无形的手牵着的白线拉扯下来的。不知道雪花们是否因此感知到自身的重量？而在着地的那一刻，是否也有彻骨的痛感？

不知道。但我能够想见，这是风有意为之的一个小小的阴谋——风在密集的雪花落下来时隐起身来，为的就是让雪花们误以为世界变了，因此忘乎所以，甚至来不及惊呼一声，便猝然落地，仓促地终结了一生的行程。

我猜这也许正是风想要看到的最终结果。这样的结果，当然不会是一开始就即刻显现出来的，所以它才一次次，无所顾忌地吹，直到精疲力竭，然后暂时歇息下来，等养足了精神，又继续它未竟的事业，继续吹啊吹。

在高原，除非你也变成一阵风，否则永远躲不掉也逃不过被风撕裂或者揭示的命运。

看见春天

我站在九龙县城去往呷尔河下游不远的湖边的乡间公路边，身后是一堵高高的石墙。石墙高处的山体上生长着大片的树林，我只认得其间的几棵杉树，绿着，其余的我不知道名字的那些树，还在初春的寒意里等待着返青。

这个春天的傍晚，晚饭后出门去散步。在高原工作的日子里，我们差不多每天都要和本地同事一起出门散步。这天我们是去看湖，顺便看到了路边人家房前屋后的桃花和李子花，也看到了黑桃树上毛茸茸的新芽。

所谓湖，其实是在呷尔河下游修筑电站时截住河水形成的人工湖。正是枯水期，冬日湖里蓄积得满满当当的水，不知道什么时候泄掉了，裸露的湖底，到处是低低矮矮的沙洲，像一个被开膛破肚后彻底敞开来的巨大腹腔，空了，也丑陋了。没有了水，湖便没了灵动和生气，便看不到波光粼粼的湖面上倒映的八家铺子山和狮子神山，以及山上茂密的树林和山巅的皑皑白雪的倒影。

路边人家房前屋后的桃花和李子花，迫不及待地开了，满树白的、粉的、红的花朵。用不了多久，树上就会长出绿叶；用不了多久，就会有满树的桃李挂在绿叶间。而现在，此刻，太阳还在八家铺子山上做最后的停留，山巅的白雪明晃晃的，直耀人眼，雪和花，在春天的高原，联手书写着仅仅属于这个季节、属于高原的传奇。

　　自打冬天来到高原以后，我每天傍晚出门散步看到的核桃树的枝条一直都是光秃秃的。但我知道，它返青、开花结果是迟早的事情。看过满树的桃花和李子花，再路过一棵核桃树时，我禁不住伸出了手，没想到这一伸便抓住了惊喜——看起来依然赤条条的核桃树枝上，其实也已长出了小小的鹅黄的嫩芽，毛茸茸的，颜色和质地，很像刚刚破壳而出的小鸡崽儿。我放开微微颤抖的手，朝着远离核桃树的方向后退。越过公路，我后退的脚步便不得不停住——公路另一侧的石墙堵住了我继续后退的脚步，我靠在了石墙上。

　　靠在石墙上，望着眼前的核桃树、李子树和桃树，不远处是枯水期的人工湖，再远一点就是八家铺子山，高处是蓝汪汪的天空——那是一汪永不会枯竭的大湖。我靠在石墙上，单脚站立，另一只脚蹬着石墙，双手微屈，仿佛随时准备飞奔起来——我似乎已经等不及，想要去摘满树的桃子、李子和核桃了。

对一块石头的误解

我蹲在路边，仰望高处的山体。

我看到了一块石头。

在高原，随处可见这样的山体和石头：因为修筑公路的需要，山体被削成了墙的形状；公路筑成之前的山体是什么模样，已无法想见。

我是无意间注意到那块石头的。它悬在我们行进的路边几近壁立的山崖上一人多高的地方。它的最下方，也就是我们路过时必定要途经的水泥公路。水泥公路边堆积着厚厚的沙石和干土，踩在沙石和干土堆上伸出手，正好可以触及石头向外探出来的部分，像抚摸一个人从窗户里探出来的头。它向外探出来的部分明显比其他石头大得多，也就因为此，当我们在山崖下的乡间公路上走着时才一眼就看到了它。但是，我们谁也猜不出，它深陷在山体里的部分到底有多大，陷入到底有多深，也无从知道它这样悬在那里到底有多久了。

我们的判断就来自——也只能来自它裸露在外面的部分。

由此，当我们停下脚步，几乎不约而同地想到同样一个问题：它会不会掉下来？它俯瞰着的下面、我们所在的地方就是车来车往的公路，一旦掉落，即便当时路上没有车，之后途经此地的车辆被阻拦在路上也是确定无疑的。简单的沟通交流过后，我们都觉得有必要弄清楚，于是，同行者中就有两位自告奋勇站到它下面的沙石和干土堆上，先是两个人先后去抱着，试图搬动它，然后是两个人同时用力，结果那块石头纹丝未动。两个人于是喘着气，呵呵笑着，放弃了努力。

他们离开之后，我也走到石头下面，仰起脸来，感觉像置身于一处高不可攀的悬崖之下。很显然，在这样一个特别的视角，当我俯下身，又抬起头来的刹那，有一些东西被放大，另有一些东西被缩小了。

在一堵土石墙下有所思

这是我散步时，无意间注意到的另一处山坡。因为修筑公路的需要，山体被削成了墙的形状；公路筑成之前的山体是什么模样，已无法想见。

我站在山坡底部的公路上，坡顶之上，密密麻麻地长满了枯黄的草木，正等着季节来临时兀自返青。修筑公路时，坡底支出来的部分被削去了，露出层次分明的土壤：最表层是相对松软的泥土，缀着许多植物的根须；中间一层由较为紧致的泥土和沙石组成；最底部则主要是坚硬的沙石。

可以想见，在公路筑通后的某个时辰，我现在站立的地段曾经有过一次无人瞩目的小型泥石流发生，土壤中间一层部分较为紧致的泥土和沙石因之垮塌了下来，使得被削成墙面一样的山坡看起来既新鲜又层次分明。与此同时，那些垮塌下来的泥土和沙石堆积在坡底，使得那块山坡变成了一块凹陷，仿若一只空洞的大眼，视线正越过公路和我的头顶，默然注视着公路另一侧的菜地。

公路另一侧的菜地是三块，依次种着菠菜、小葱、莴笋。这个季节，菠菜已经可以上市，一对夫妇坐在路边，将刚刚从菜地里采摘的菠菜扎成小捆，准备背到县城里的菜市场上去售卖。男人受股骨头坏死困扰多年，曾经是同事格杰的病人。我们站在那里说着话，女人认出了格杰，很热情地和我们打招呼，然后说起男人的股骨头坏死。我的同事格杰这时候也想起了男人的股骨头坏死，说如果真痛得厉害，影响到干活儿了，还是去把手术做了。摘菠菜的夫妇于是更加热情，站起身要请我们进家里去坐。另一块地里的小葱很绿，每一株都很大，至少有十根，甚至更多，看起来一只手可能都握不过来，想来是在栽种时将三五只葱瓣放进了一个窝里，新葱长成，便变成了无比蓬勃的一大株。不像内地，我来的地方，每个窝里就栽种一只葱瓣，长成以后，每株也就三四根。莴笋是种在塑料薄膜下的，几天前我们傍晚散步的时候，还只见到一垄垄塑料薄膜之间一些点状的泥点，接连几天的雨水过后，泥点便被一朵朵绿油油的莴笋叶子遮盖起来。不用说也能想见，用不了多久，莴笋就会长大长高，叶片连着叶片，那时候，我们就将看不到那些塑料薄膜了。

无从知道，公路筑成之前，连在一起的山坡和菜地，该是什么样的。可以肯定的是，那时，在这个季节里，山坡上也长满了正等着返青的成片的草木。说不定，哪家的主妇正思量着什么时候把靠近菜地的缓坡地段也开垦出来种上菜蔬呢。硬邦邦的水泥公路修筑起来，山坡和菜地便不得不隔路相望了。像原本紧紧相拥的两个人之间突然竖起了一堵墙，他们互为对面的关系也就这样形成了。

通常的情形是，我们只注意到了互为对面的两个人，却忽略了他们互为对面的关系到底是什么时候、如何形成的。

阿热寺一角

华丘是藏语音译的地名。站在村庄最高处的华丘寺俯瞰，村子所在的地方是一座形状奇特的山丘，中间部分是明显隆起的脊部，两侧是近乎对称展开的洼地，仿如一只大鹏展开的双翅。

在藏语里，华丘的意思就是大鹏金翅鸟鸟背。那天我们从山下最靠近谷底的县城赶来，站在华丘寺门口俯瞰那只大鹏：果然像，越看越像，简直完全就是。

那位负责寺庙日常管理的僧人来自华丘村。他告诉我们，华丘寺这个名字的来历被不少人误解，以为只是因为寺庙山脚下就是华丘村，故而得名，故而也就是仅仅属于华丘的寺庙。其实不是，其实华丘寺有更广范围的覆盖（我暂时没找到更合适的词来代替这个词），这一点，从寺庙大门上方写着的藏文名称就可以看出。那句藏语音译过来的读法叫阿热确杰，说的是已建成八百多年的华丘寺最真实的历史。寺庙坐落在九龙县城以南，呷尔镇华丘村西侧密窝组的山坡上，海拔3550米，是一座古老的藏传佛教萨迦派寺庙，由藏传佛教噶举派的巴基·阿热确杰祖师开山修建，因此又名阿热寺。后改为萨迦派，传承至今。

庙宇四周莲花一样盛开着的山峰据说有108座。站在寺庙的院坝里，感觉就像是站在一朵莲花的中心，放眼看过去，那些花瓣样耸立的山峰，似乎都不再高不可攀，山巅上的白雪远是远，但都仿佛伸手就可以触摸到，完全不像在山下的县城里看起来那样高不可攀、遥不可及。人在这样的地方，视野一下子就变得开阔，看到和想到的陡然变得更多，也更远阔，反映在心中，就让你觉得世界转瞬间变得无限宽广，可以装下更多乱七八糟的东西，过往时日里装进去的那些块垒、情结一下子就变得很轻，不值一提了。就是在县城里一直困扰我的呼吸，此刻也似乎克服了比县城高出了近一千米的海拔，变得从未有过的顺畅。

我不是佛教徒，甚至对佛教的基本常识也缺乏足够的认知，但在华丘寺，通过接待我们的僧人的话语，我恍惚间觉得自己有所觉悟，却一时无法说清到底觉悟到了什么，只是感觉隐隐约约的，心中仿佛有光。因此，我才得以跟着他，听他说：一个人就是一块土地，自己就是主人，怎么管理、种下什么、获得什么收成，全靠自己做主。而那些收成，就是佛家所谓的福报。然后去到寺庙的角角落落，走、看、想。在从寺院里静立的白塔去到同样静立着的禅房的山坡上，耸立着几棵古杉树，树枝上帷幕样飘着藤蔓。我来的地方把那些藤蔓叫木篓数，我至今不知道这三个字准确的写法，但我知道它的存在就是好环境的标志，据说还可以入药。

就要离开的时候，我一个人静静地站在禅房门前的台阶上远瞧，映入眼帘的是鳞次栉比的山川。山体的大部分是绿油油的蓬勃的植被，山顶无一例外地留给了皑皑白雪，更高处有大团洁白的云朵悠悠地飘着，心头随即有一股说不清道不明的东西在涌动。

为了长久地记住此刻，我举起了手机。回来后翻看，才发现照片摄入的除了远山、白雪和云朵，还有写着"阿热确杰"的大门廊檐的一角，像一颗无故闯入镜头里的脑袋。照片里，这个意外闯入者显得比天上飘着的云朵还要高。我同时想起那天接待我们的僧人。他穿着绛红色的僧侣服，一边陪我们在寺庙里走，一边给我们讲解藏传佛教的起源、派别和六字真言。

他的话，我现在几乎还能一字不差地复述出来。

辩证小记及其他

　　我一直对中医中药有一种近乎偏执的热爱和信奉。这大约和我出生在乡村有关。

　　小时候，乡下缺医少药，父亲母亲总会在每年差不多的时候，切了自家的老南瓜，掏出南瓜子，晾干后让我们吃，说是可以驱除我们肠道里的寄生虫；哪家的老人肺病犯了，家里的人总会想方设法弄来梨子，削皮后切成块状，与几块冰糖一起放进碗里，蒸了让老人吃，据说可以止住老人的咳嗽；老家的山间出产天麻，外出求学以前，每到天麻出产的季节，我都会利用周末和假期上山去采挖，采得的天麻大多直接拿到县城去卖了补贴家用，少部分被父亲烤干后用牛皮纸小心翼翼地包好，放在柜子最顶格的角落里，一旦母亲的眩晕病发作，便拿出几块来，杀了家里的母鸡炖了让母亲吃。

　　诸如此类的例子还有很多。我不知道我的父亲母亲是从哪里获得这些"方子"的，反正自打我记事的时候起，他们就这样做了。我们吃过南瓜子，也吃过走村串户的赤脚医生送到家里的"粽子糖"之后，隔不久便见自己解出的大便里裹着一根根长条形的蛔虫，有的还在不停地蠕动，肚子痛的频率随后果真就明显减少了；那些吃过冰糖蒸梨的老人，有一些还真就不再频繁地咳嗽了；也有没起任何作用的，不得不被家人送进县城的医院去治疗，其中一些人从此再也没能回到屋里——按照老家的习俗，在外面去世的人是不能抬进家门的。吃过天麻炖鸡，母亲的眩晕病有时候很快就好了，有时候则要绵延很长一些时日才慢慢好起来，就是到了现在，我已经当上了医生，母亲的眩晕病偶尔发作时，她第一时间想到的竟也是命我去中药房或者直接叫父亲在老家给她找天麻。

南瓜籽驱虫、冰糖蒸梨止咳、天麻可治疗眩晕，的确是它们作为药物所具有的功效。但是，按照中医基本理论，咳嗽、眩晕有着各种各样的病因、病位、病性，至少必须分出其表与里、寒与热、虚与实、阴与阳，甚至寒热往来、虚实夹杂等多种不同的证型，据此制定相应的治法治则，进而选用不同的方药予以纠正。什么症用什么药。我的那些乡亲之所以在吃过冰糖蒸梨后有人仍然不见好转，我的母亲之所以吃过天麻炖鸡后眩晕病有时要迁延一段时间，根本原因就是药不对症。而"粽子糖"（也有叫"宝塔糖"的，都是依据其外形）则是一款正宗的"西药"，主要成分为磷酸哌嗪，加入香精、明胶和色素制作而成，能治疗人类的寄生虫病，尤以对蛔虫病功效最好，但并不能消灭体内的蛔虫，而是通过刺激蛔虫的神经，增加其兴奋性，从肠壁上剥离，然后排出体外。

但对我的父亲母亲而言，这实在算不得什么大错。就是我学了医，面对一个咳嗽或者眩晕病人，真要准确地判断出其是寒证还是热证、是虚证还是实证、是在表还是在里、属阴证还是阳证，也不是一蹴而就的事情。我的父亲母亲大字不识，当身体的病痛来袭时，根本无从知道如何辨证，当然只能从脑海中有限的药物谱系里按图索骥了。

重返高原的第一天，我就感冒了。咽痛，频繁的咳嗽，夜里咳得无法入睡，还双眼红肿，生出的眼屎将眼睑死死地粘在一起，好不容易眯上一会儿醒来，眼睛却睁不开了。按照以往的经验，先买了西药，吃了两天，无效；后来又加上中成药，吃了三天，依然不见丝毫好转，咳得反而更厉害了。夜里，一躺下就咳个不停，只能整夜斜卧在床上，半躺着，咳得实在累了就眯上一会儿，以便被下一次咳嗽憋醒时，能继续把咳嗽动作顺利且一气呵成地完成。到第四天早上，我确信我的经验是失效了。只好求助于医院中医内科的同事。同事看了看我，把着我的手腕说，眼红，咽痛，苔厚腻，脉弦，典型的风热感冒。同事说得轻描淡写，显然是胸有成竹。那吃点儿什么药？同事随即报出两种我熟悉的中成药的名字，我赶紧掏钱买药，并且第一时间按同事的指示吃了下去。当晚，咳嗽就明显减轻了，尽管依然会不时憋醒一次，但每次入睡的时间明显延长了。第二天早上，整个人就感觉轻松自如了，好像终于卸下了身上背负的千斤重物。第三天，恼人的咳嗽差不多就消失了。

我在学校里学的是西医，对中医只是一知半解，但我知道，中医讲求治病求因，辨证施治。就说我遭受的咳嗽，在用药之前，也同样须要起码区分出个表里、寒热、虚实、阴阳，而其致病原因，则有风、寒、暑、湿、燥、火六种邪气。风是其中的一种。如此说来，一定是有一场高原的风穿透了我的身体，制造并且留下了不少作祟之物在我身体里，我按照同事的医嘱服下那些药，就是为了准确找到并且清除那些作祟之物，恢复体内应有的秩序和整洁，清除尽了，我的咳嗽也就痊愈了。

不久后的一天，我又一次感觉咽部疼痛不适，喉咙像是被什么东西堵住了，吞咽口水和吃饭都有些困难，左耳心里像塞了一根硬物，一吞咽便生生发疼。这一次，我深刻汲取了上次治疗咳嗽的教训，直接找到了我的中医内科同事。一番简单的望、闻、问、切之后，同事给我开了一样中成药——蒲地蓝消炎口服液。《说明书》上写着其主要成分——蒲公英、苦地丁、板蓝根、黄芩，功能主治——清热解毒、消肿利咽。药是我特地跑到九龙县城的药店里买的，拿到手后即刻喝了两支，回到住处，洗过脸，咽部的阻塞感和左侧耳心的疼痛，竟就轻松了不少。

我当初学医是为了"跳农门"而被动接受的，可它已经成为既成事实，无法改变。只是，就是到了现在，我心里仍一直为没能成为一名中医医师感到些许遗憾。我受咳嗽困扰，按照同事的嘱托服用中成药前后，网上有人爆出其中某种中成药可以治疗新冠，有人随即嗤之以鼻，觉得完全是扯淡，该样中成药是扯淡，整个中医都是扯淡，甚至冠之以"毫无科学依据""江湖骗术"这样的字眼，哪里还容你来一番望、闻、问、切，细说一遍寒热虚实、表里阴阳？这其实是很长时间以来，中医所面临的尴尬境况。有人总是张口即打击、诋毁中医，言必称中医无用，除开其不可告人的目的外，又或许是犯了一个"绝对主义"的错误，非此即彼，非黑即白。仔细想想，这不过就是一个方法论的问题，也许人家并不是不明白，而是有意"揣着明白装糊涂"，为证明自己所持观点之正确，并且让人相信自己说的绝对正确，从而有意选择性地忽略了而已。

作为一个学西医出身、半道改行从事中医骨伤科的医生，我对于西医凡事从微观入手，标准化、精准判断，和中医以整体观看待人体，动态化地辨证施治，都有着相当程度的了解。因此，在自己罹患咳嗽的时候，知道在西药和经验主义先后失效的情况下，及时找寻原因，避免更长时间地为病所困，乃至可能由此引发的不可想象的后果。因此当我看到网络上那些互不相识的人为一种中成药吵得不可开交，几欲成仇的时候，也就只能微微一笑了。

后来有一天，医院中药房盘点，其中一项工作就是清理过期或者变质的药物。看着美女药师挨个抽屉仔仔细细地翻检，然后把那些过期或变质的根、茎、叶从药柜里拿出来，倒进事先准备好的垃圾袋子——每个抽屉里倒出的每一味药都是极少的一点，但整个中药房清理完，竟鼓鼓囊囊地装了满满一大垃圾袋。我当然知道垃圾袋的最终去处（拉到指定的地点焚烧销毁或者深埋），心里默默地盘算：如果那些药都还有效可用，那该可以配成多少服中药？用于多少人身上虚虚实实的病症？看着同事把扎好的垃圾口袋丢进车厢拉走，我心里顿时生出一股隐隐的、莫名的悲伤。

仿佛那是我的某样心爱之物，此刻我将永远失去它了。

彝族老妈妈

老妈妈弓身坐在检查床上，目光低垂，似乎不太情愿或者不太适应让我拍照，可又不好意思拒绝。

大约也有晕车之故。早些时候，老妈妈在大女儿的再三要求下，坐上摩托车刚刚赶到县城，进到我工作的诊室——她一坐汽车就晕得厉害，每次进城都只能坐摩托车，还不能开得太快，否则也会同样晕掉。我问："'晕掉'是什么样子？"她身旁的大女儿"扑哧"一下笑了起来，说："就是吐得半死不活的！"

老妈妈之所以不情不愿地坐上摩托车又一次赶进县城，是因为她脊柱的毛病。在那之前，她大女儿的一个"伴儿"（在内地叫闺蜜，在藏区叫伴儿）的孩子摔断了腿，辗转看过几家医院多位医生之后，都说必须手术或者石膏固定，他们觉得孩子太小，手术和石膏都太麻烦，不愿意，后来听说我这个内地来的骨科医生，就托人在那个星期天找到了我。她大女儿有几次陪闺蜜带孩子来找过我换药，现在那孩子的腿骨已经痊愈。

她大女儿于是想到了老妈妈脊柱的毛病，有一天专门跑到我的诊室，问我是否可以治，我说得看具体情况。她大女儿回去后便几次三番往乡下老家打电话，叫老妈妈进城来找我看病。

老妈妈不太听得懂我说的话（后来知道是她本来就不太懂汉语），她和大女儿说话都是用彝语。我喜欢彝语那种抑扬顿挫的语调和说唱般的韵律，从彝族患者和医院里彝族同事那里学会了有限的几个彝语单词，对她们之间的谈话，我只能靠猜测听出大体的意思。当我检查完老妈妈的脊柱，提出要为她拍张照片的时候，她不明就里地望着我，终于猜出我要做什么之后，便低垂着目光静坐在检查床上。我这才知道她不是不情愿，只是有些不太适应被人拍照，但对我这个为她疗治病痛的医生，她有一种近乎天真的信任。

老妈妈当然无从知道，她采用的姿势是我巴望的，正好让我更清楚地看到和拍到她头上青色布料缝制而成的荷叶帽。我从内地来，对这样的帽子十分好奇。我工作的医院门诊部旁边就有一家彝族服饰专卖店，专门定制和销售各种彝族服饰，我曾经进到店里去看过一次，看着琳琅满目的成品服装、帽子和各种饰物，静静地挂在墙壁挂钩、衣架上，或者躺在柜子里，我就禁不住想象它们穿戴在身上时的样子。现在，这位老妈妈让我的想象变成了现实。她头顶上的这一顶帽子也许算不上漂亮，但却是她的生存方式的一种标志，那是一种我至今完全陌生的生活和美学，透过这顶帽子，我觉得我已经找到了一扇进入这种生活的小窗。

后来有一天，一位同事邀约我到一户人家里吃饭。这位同事在乡镇卫生院工作多年，和不少人成了朋友。到了地点我才知道，请我们的就是老妈妈的大女儿——我的同事在乡镇工作时认识的若干个朋友中的一个。老妈妈也在，在医院住院治疗了几天，感觉病情好转，老妈妈便催促大女儿为她办理了出院手续，本来想回到乡下老家，但被大女儿留在了县城。

那天的晚饭：一大盆山药炖鸡、两大钵坨坨腊肉、半箥箕新产的洋芋、一大碗手工制作的豆花、一大盘腊肠……总之很丰盛。在我们吃着的时候，老妈妈戴着我见过的那顶荷叶帽，端坐在旁边的沙发上，用有些生硬的汉语一个劲儿地要我们夹菜吃，那感觉和神情，就好像我们是她外出多时终于归家的孩子。

第一场春雨

我和同事吃罢晚饭从食堂出来，准备出门完成每天例行的散步。我们的脚步刚踏上食堂后面的水泥台阶，就发现灰白的路面有无数越来越密的小点，我穿着皮夹克，看着皮夹克上陡然出现的亮汪汪的水滴，我和同事不约而同地惊呼了起来："下雨了！"

这是我们到九龙后降落的第一场雨。在我们散步的路边，到处都是刚刚翻新的土地，有些地里已经铺上了塑料薄膜，一行行白色薄膜下面种着一垄一垄土豆，绿油油的土豆苗似乎已经等不及，从塑料薄膜中央那些特地为它们留出的小口子里探出了头。有人拉了可以自动旋转着洒水的水龙头，绑在地里竖着的杆子上，全方位、无死角地向四周的泥土喷洒源源不断的清水。一问才知，地里即将种下玉米或者青稞。老天爷好像早就洞悉高原大地正在经历的一切，知道土地急需雨水的滋润，然后就在这个春日的傍晚，来了这么一场及时雨。

雨水阻止了我们散步的脚步。我们只好走到半途便回到住处，听闻着窗外滴滴答答的雨声，整理这个春日的见闻和经历。从赶来高原的第一天起，我就每天都在电脑里写下关于高原的见闻，并把文档命名为《逐日记》。正式开始整理这天的《逐日记》之前，我特地起了小标题，就叫《第一场春雨》。

其实没多少可整理的，说起也就以下几件事。

一、上午，接诊了一个六岁的孩子，同事罗中·乌卡的侄儿，十天前调皮摔了一跤，在人民医院拍了片，手法复位后绑上了石膏，可孩子实在调皮，固定后的第四天又在家里的沙发上摔了一跤，复查的片子显示骨折对位对线和受伤时并无多少变化。换句话说，有可能当时就没能真正良好地复位。征得罗中·乌卡和患儿家属的同意，在骨伤门诊进行了手法整复，复查的片子显示骨折解剖复位。罗中·乌卡和患儿家属很高兴，我也很高兴。

二、上午还来了另外一个门诊病人，当时我刚刚完成上述前臂骨折的复位，正沉浸在复位成功的喜悦里。来者是个青年，二十岁上下，露在口罩外的脸长满了星星点点的小痘痘，目光恶狠狠的，像藏着一团火。一进门，他便把挂号单递过来说："开药！""开什么药？"我问。我是想问清楚他是为什么来的，在开出药方之前，必须首先弄明白病情，什么病用什么药。他好像很明白我的话,毫不迟疑地回答了两个字:"湿热!"我一愣。他似乎也觉出了有哪里不对劲,接着恶狠狠地反问:"你(才)是医生,我怎么知道开什么药!"我笑了起来,对他说:"我是看骨科的,如果你真是'湿热',可能只能请你去中医内科。"说到这里,我有意停顿了一下,见他还愣在那里,接着对他说,"出门左拐就是。"他接过我递回去的挂号单,转过身去的时候哼了一声:"什么医生!"我又一次笑了起来,望着他的背影轻声说了一句:"说了是骨科的呀。"那时候他已经跨出诊室的门,我说完之后就盯着门口,他再没有出现,我就当他是没听见我的话。

三、昨晚上又剧烈地咳嗽了几阵。为了不至于惊醒隔壁的同事,前几次刚被咳嗽的感觉憋醒,就拿被子蒙住头,尽力控制着咳嗽的声音和力道,后来实在憋不住了,干脆起床去了与住处隔着两间屋子的楼房另一头的卫生间,放开嗓子咳,直到再没有咳嗽的意思才回屋,躺下后,竟第一次一觉睡到天明。早上和住隔壁的同事说起,她还以为为难我多日的咳嗽已经好了呢。我这才确认昨晚是真没有影响到同事们的。上午查完房,找个间隙做了一次昨天中断的雾化。下午准备再做一次时,发现护士站备用的药已经被我用完了,只好再去药房取。

四、我的第一次电梯惊魂就是在去取药的路上发生的。我工作的地方在住院部四楼。我跨进电梯，摁了要去的"1"，电梯控制系统的普通话提示音刚一传来，便响起咣当一声，我只感觉腰部被狠狠地闪了一下，刚刚运行起来的电梯戛然停住了。在腰部突然传来的刺痛里顿了一秒，也可能是两秒或者三秒，我明白我是遇到电梯故障了。它发生在春日下午的高原，在我去取咳嗽药的途中，在一场显贵的春雨降临之前。站在电梯里，脑海中猛地想起那句十分俗气的话：你永远不知道明天和意外，哪一个最先来临。好在，后勤管电梯的师傅和同事罗中·乌卡很快打开了电梯，否则我还真不知道会有怎样的悲伤情绪升起。

从高原回来后翻看《逐日记》，读着《第一场春雨》，当时那种突然而至的恐怖感、成功为那个患儿复位的成就感，乃至被质问"是什么医生"的无奈感，都已淡得只剩下一点隐约的线索。只是，在莞尔之余仍会禁不住惊呼：哦，原来在高原的那个春天，我曾破天荒地遭遇过电梯故障；哦，就在那天，我还沐浴了高原的第一场春雨。

能够清楚地记起的，反倒是第二天早上醒来见到的情景。那时候，雨已经停了，医院院子里的地面上东一块西一块地残留着几汪小水洼。对面的八家铺子山顶袅绕着一大团淡淡的云雾，山巅的白雪明显比昨天多了，似乎也更厚了。好像那云雾曾在昨夜的雨声里寻找人的热气，没有找到，便跑到对面的山顶上过了一夜。它们大部分停驻下来，凝结成了雪；余下的依然飘着的那些，不知道是在寻找谁，或者哪座山的头顶。

四月一日，一场预谋的大雪

二○二二年四月一日。记住这日子，并不是因为它是一年一度的愚人节。我向来不喜欢赶时髦，对于从西方舶来的这季那节，总是不太感冒，总觉得无所不在的上帝遥远得不太靠谱，每每在你急需这样或那样的关键时刻，便和你玩隐身。

我所以记下二○二二年四月一日，并且把它写入这篇短文的题目，仅仅是因为这一天里，我遇上了有生以来最大最意外的一场雪。我一直有记日记的习惯，我把到高原后的日记专门命名为《逐日记》，一方面是担心经历的事情被未老先衰的记忆力落下，一方面是防止自己被惰性操控。整个三月，我写在《逐日记》里有关天气的字词只有一个"雨"、一个"阴"。可二○二二年四月一日一大早，当我从睡梦中醒来，一睁眼便看见玻璃窗上亮汪汪的白光，空气里夹杂着逼人的寒气。透过玻璃窗户，我看见了对面八家铺子山上厚厚的积雪，心里随即咯噔一下。那时候天地寂静，没有风，刚刚出没了没多少时日的飞鸟不知投靠到什么地方去了，我甚至依稀听见了心里突然而起的那一声"咯噔"。

　　四月一日，也是二〇二二年清明节假期前两天。我早早地请好了假，只等时间一到，便赶回阔别了一个月的家。从物理学和统计学的角度，甘孜藏族自治州九龙县与雅安市天全县就是两个点，之间可以有无数条连线，但实际相连的道路却只有翻山越岭的两条，短的一条在南边，长三百多千米；长的一条在北边，少说也有四百五十千米。最新的消息说，两条路途经之地都有若干路段在大雪中断了道。我因此被困在了出发地。

　　早饭后照例步行去便民门诊部，途中花去了半个多小时，比平常多了至少一倍的时间。因为路面上也积满了厚厚的雪，很滑，几次险些摔倒，不得不一步一步慢慢地走，每迈出一步，都必须先展开双手以维持身体平衡，然后伸出一只脚试探几下，踩稳了才接着迈出下一步。这样走着走着，不一会儿就浑身暖和起来，进门时内衣已被汗水浸透。

　　为了方便进出，早到的同事把门外的积雪扫到一起，堆在门口墙角处，墙角处于是耸立起一座小"雪"山，直到下午下班，小"雪"山差不多还是最初堆成时的样子，看起来并没有小下去多少。因为有人不断进出，门口的红色塑料垫上残留的积雪很快就融化了，塑料垫像是整个被浸泡在水里，每个进到便民门诊部的人，一踏进门就会在地板上踩出醒目的鞋印，门口值班的护士妹妹只好隔不大一会儿就拖洗一次，可那鞋印一直都很醒目，似乎永远也清理不完。

几个环卫工人在街上出现是下午的事。他们拿着乳白色的长竿，看不出是什么材质做成的，一下接一下，不住地往街边的树梢上击打，树上的积雪不断哗哗啦啦地掉落下来。那些被积雪压折的枝叶也随着积雪一起落下，宽厚的枝叶裹着积雪，变得不再轻盈，掉落的速度因此明显地加快，落在地面的声音就有些沉重。随后就驶来了环卫车，那些枝叶和未及融化的积雪被迅速装进车厢拉走，没多长时间，乱七八糟的街道就重又变得清爽整洁了起来。尽管天空依然在飘雪，可大多飘落在地面的雪水里，瞬间没了踪影，不是消失了，而是融入雪水之中，成了其中的一分子，很难再堆积起来。

好比正在经受痛苦的人总会询问自己为什么会痛苦，也很像病中的人总是盼着尽快弄清楚病因从而彻底治愈一样，我想起昨夜酒后、双膝关节突起的不适。

昨夜的酒是一位在九龙工作多年的老乡宴请的。尽管是第一次见，酒只是礼节性地喝了很少的一点，因为我不知怎的突然就感觉浑身不适，却一时说不明白具体是怎样的不适。饭后步行回住处的路上，我莫名地感觉浑身发冷，尤其是双膝，好像被冰刀穿透了，透着彻骨的冷。回到房间，把空调开大，制热，风力强劲，身上是慢慢暖和过来了，却依然感觉有一股冷风直直地对着双膝吹。只好钻入被窝，盖了两床被子，开了电热毯，可膝部的感觉依旧。借着酒劲迷糊到十一点多，醒来后就睡不着了，只好随手拿起一本书来读，书是加拿大作家玛格丽特·阿特伍德的长篇小说《人类以前的生活》。现在想想，所谓的随手，其实是有意的，我带了近二十本书摆在桌子上，所以在随手之间拿起这一本，一定是那一刻被书名吸引住了——它让人禁不住浮想：不知道，在过去，久远的尚无人类居住的年代，我此刻置身的高原是什么样子的？是不是时常大雪覆盖？不知道，也想象不出。倒是忽然有些明白：那很可能就是上天的一种提醒，只是我太愚钝，只感知到了身体的反应，却不知道那是一场无形的风雪正在身体里飘落呢。

在医院，我见到过若干个有膝关节病痛的老人。我注意到，即便他们是因为手臂或者别的什么原因来医院找我诊治的，只要查一下他们的膝部，几乎都会发现不同程度的病痛，肿胀、膨大、变形、僵硬……有很大一部分甚至已经变形到看不出膝关节本来的样子，那奇怪的形状，活像老树根部被大刀砍过多年之后长成的疤痕疙瘩。我想那应该就是长期高原生活，累积在老人们膝关节里的一场又一场风雪。膝关节不需要风雪，但只要你身在高原，再大再久的风雪，你也就都不得不承受了。

　　我当然知道上天落雪自有其道理，但就在我即将回家的时候，大雪封山了，并且还在雪落之前让我的双膝感到不适，我就只好认定，这是上天有意在提醒和考验我，或者是有意挽留我，也说不定呢。总之，这就是一场预谋的大雪。

　　第二天上班的路上，天空仍有雪片稀稀拉拉地飘着，我摊开双手举过头顶，想接几片捧在手心，可手心里一直空空如也，仿佛世界从来就没有那么一场大雪。

通报清明的细雨

二〇二二年四月五日，农历清明。一早醒来就听见窗台上的滴答声。推开窗，漫天淅淅沥沥的细雨，落在房顶的部分汇聚在一起，变成了豆大的水滴，不停地从高处的房檐滴落下来，让我得以在这个春末的早晨闻见久违的雨声。

食堂的王姐说，以往的年份，九龙都不会这么早下雨的。王姐是九龙人，她的话我当然没有任何理由怀疑，只是心里微微动了一下：莫非是老天爷知道我们从自古就有雨城之称的天全来，前几天被大雪和疫情阻隔了回家的脚步，特地来一场雨安慰一下我们？我知道这不过是我的一厢情愿而已，上苍的用意，谁能参透得了？地处横断山脉北段的九龙，"冬季干冷漫长，夏季温凉多雨，属大陆性季风高原型气候，冬半年（十月至次年四月）气候干燥，降水稀少……夏半年（五月至当年十月），五月下旬起进入雨季，多阴雨天气，气候温凉湿润"，我看到《九龙县志》里这样记述。那段时间的天气预报也告诉我，这个星球很多地方正经受有史以来最严酷的高温考验。而九龙却一改往年的样子，从清明这天开始，便总是在下雨。都知道这是全球气候变化的结果，但我们都不说，只对不知道什么时候会落下来、不知道什么时候结束、没完没了的雨水表示不满，仿佛那雨水与我们有多大的仇怨似的。

傍晚下班时，雨依然在淅淅沥沥地下。雨雾蒙蒙之中，只看得见县城两侧半山腰的树，绿油油的枝叶因为雨露的滋润，似乎一夜之间又繁茂了不少。浓密的雾气缭绕在山顶，宛若一位美人头上披着的大纱巾，白色，还带着蓬松的花边，有一种别样的美，却也挡住了你望向山巅的目光，高高的山巅于是在你的视线里若隐若现起来，山顶的积雪更是看不到了。

路上的行人出人意料地多，很多人竟然和我一样，连伞也没打；有些人手里明明拿着伞的，却没有撑开。我想他们应该不是忘了，而是和我一样，想好好淋一淋这场清明时节的雨。

我在雨水中站定，突然有一股流泪的冲动。往年的这个日子，我都会想方设法回到乡下老家，去墓地给爷爷献上一束花，默默地向爷爷诉说一些我在人世间的见闻和遭际，二十年多来从没中断过。站在高原的蒙蒙细雨里，我朝着家的方向深深地鞠了一躬，仰起头来的时候，正好有几颗雨滴落在脸上。不知道的人，定会以为那是我眼中淌下的泪水。

潜在的罪魁祸首

我应该早点出现在她们面前的。但我一直坐在诊室里那张属于我的位子上，只是在她们的声音突然传出的时候欠了欠身就又坐了回去。我听她们互相指责，其中的一个，一声比一声大，一声比一声激昂。然后就有拍打桌面的声音传来，啪、啪、啪，突然而响亮。

我以为她们就要互相动手了，又一次挪动了一下身子，准备起身参与到已经围拢上去的人群中。这时候，我听到一个熟悉的声音："姐姐，有事说事，不要动手！"语气平静得像是在课堂上应对老师提问的回答。我没听到老师的提问，但从这回答声里听出来了，说话的是小周，不久前刚从学校毕业应聘到医院工作，成为周老先生的学生。她平常总喜欢和同事们嘻嘻哈哈的，但一遇到需要严肃起来的时刻和场合，就完全换了一副模样。

听到小周说话，我又一次坐了回去。

但拍桌子的人似乎从小周的话里感觉到了不屑和轻蔑，

觉得自己的尊严受到了挑战。从跨进诊室遇到小周开始，她就一直在气势上占有上风，像风中鼓起来的船帆，她已经准备乘风破浪。可是现在，她很可能已经隐隐地觉察到掌舵的不是她自己。这是她无论如何接受不了的，于是开始了新一轮的攻击。

啪——，桌面又一次被拍得山响，继而听她吼道："都是搞服务行业的，有你们这么给病人服务的吗？嗯？"此情此境，她提到"都是搞服务行业的"，令人既意外又感觉新鲜。以前，在类似的情境下，我听到的质问多半是"你们就是这样为人民服务的吗"，或者"你们就是这样当医生的吗"，她主动把自己也划入"搞服务行业的"范畴，与小周（进一步说是与医护工作者）放在一起来讨论，使得她新一轮的攻击瞬间打了很大的折扣。

小周倒是一如既往地不慌不忙，并且又一次叫了那个人"姐姐"。小周说："姐姐，从你进门开始，你就一直在看手机。我问你哪里不舒服，你说有湿气。我问你怎么知道有湿气，连问了三遍，你都不理我……"我知道周老先生不会使用电脑，作为周老先生的学生，小周是要替那个人登记个人信息，以便周老先生为她诊病更快捷，继而可以更快捷地开出方子，交上药费，取上药。这也是一个学生应有的本分。再说那时已接近中午十二点，小周也是不想耽搁那个人和周老先生、药房、收费室的同事们下班吃午饭的时间（我所在的便民门诊部午间休诊两小时）。

她又拍了一下桌子，拍击声似乎比前两次轻了许多，说话声却依然高亢："你没看到我有事？我在回复一个重要信息！"我想她说的应该是事实。她选择了临近下班才来医院找周老先生看病，希望用周老先生开出的药方驱除身体里可能存在的"湿气"，也一定是因为有人需要她提供"服务"，让她脱不开身。但是，既然她已经主动把自己变成一个病人，来到了医院，就应该尽快完成从服务者到病人的角色转变，或者最起码，她应该让人知道，她在作为病人的同时，还有服务工作或者别的什么事情需要完成。必须赶在某个时间节点之前完成某件事情，这样的紧急时刻谁都有过。有时候，我们甚至不得不同时扮演几个角色。

这时，周老先生大约也听见了吵闹声，从别的地方回到了诊室里。我听到周老先生一边走，一边不紧不慢地对她说："你哪里不好？这是我的学生。你不要再说了。"周老先生是退休后返聘到医院工作的老中医，有着比她和小周的年龄都要长的工龄，看过不计其数的病人，积累了丰富的临床经验，对于这样的场合，他当然知道怎么"对症下药"。

作为周老先生的病人，她想必是了解周老先生，并知道周老先生话语的分量的。听罢周老先生的话，她顿了一下，但似乎还有话不得不说，因此在回答了周老先生的问题之后，就又补充了一句："当学生都这服务态度，以后正式当了医生该是什么样子！"语气却是明显地缓和了，像是善意的批评和提醒，又像自言自语。

周老先生的诊室就在我隔壁，我办公室斜对面就是药房。我是在她将周老先生口述、小周在电脑上开具的处方交到药房，返身经过我办公室门口时认出她来的。准确说，是在她主动打招呼时我认出了她：她站在门口，朝我办公室里探了一下头，看我在，便"嗨"了一声，笑嘻嘻地走进我的办公室。我注意到，她说话的声音有些发颤，似乎还没完全从刚才的吵闹里走出来。

她是我的一个患者的母亲，曾经是一位小学教师。那是个肘关节骨折的五岁小女孩，我刚到九龙不久后接诊的一个患者，在我这里治疗了一个月。每一次她带女儿来找我，总是笑嘻嘻的，从没见她发过火。

谁都知道，在某些特殊的环境下，人都可能做出一些事后连自己也无法理解的事情，说一些事后连自己都不敢相信会说的话，但我们可以理解他（她）那一刻的冲动。只要设身处地地想一想就行了。我想如果她和小周都能设身处地，可能就会什么事也不会发生。

　　我看着她，轻声说"没必要嘛"。我说的当然是刚才吵架的事情。她笑着，答非所问地说，"我还以为你今天没上班呢"，算是回答了我的话。那是在"五一"长假后的第一个工作日，她知道我来自内地，大约以为我还在休假。我转而问她女儿现在的情况。她说早好了，已经上学去了。然后又一次呵呵笑着，对我表示谢意。我看着她，如果不是亲眼所见，真不敢相信她就是几分钟之前还在和小周吵架的那个人。

　　后来有一天，医院办公室接到一条网络投诉，对象是小周，理由是"作为一个医务工作者，没有认真践行仁心仁术、全心全意为病人服务的宗旨和理念"。我是在医院领导和院办的同事到门诊调查了解情况时，才知道小周被投诉及其投诉理由的。事发当天在场的同事都觉得小周很冤，纷纷替小周向医院领导和院办的同事解释并作证。同事们说的基本都是事实，我和他们一样清楚：如果被投诉的内容被证明属实，那小周很可能就不能再继续做周老先生的学生，甚至直接丢掉工作。

　　同事们七嘴八舌地说着话，目光纷纷朝我投过来，似乎是在求助，又好像是在怀疑什么。有一瞬间，我觉得自己就像是罪魁祸首。

判断身体的人

前三十年人找病，后三十年病找人。

说这话的是一位八十岁的老人。那是我在便民门诊部工作的一个下午，老人一跨进便民门诊的大门，门口的值班护士便要老人打开手机扫"健康码"。这时她认出了他，问老人是不是又来找我了。老人说"是的是的"，然后笑着补充道："看来我不来找医生还真不行！"我坐在诊室里，清楚地听见了老人和值班护士的谈话，也听见了他爽朗的笑声。

老人第一次来门诊是在十五天前，因为他右侧的脚踝。大约三个月前，老人在散步的路上遇到一位老伙计，两个人相约一起走一段，摆摆"龙门阵"。两个人说着话，经过一个石梯时，老人迈出的前脚还没踩稳就迈出了第二步，身着厚重衣服的身体于是出现了瞬间的腾空状态，等老人感觉到不妙的时候，右足的脚尖已经着地，整个人像一棵被伐倒的老树，哗啦一下倒伏在地。这是我从老人口中听到的病史，我由此知道他踝受伤的原因：摔倒扭伤。

但老人却有自己的判断。他说就在倒下的那一刻，他真切地听到右侧脚踝部位咔嚓地响了一声。同行的老伙计几次试图将他从地上扶起，都被他拒绝了。老人说一听到那一声咔嚓，他就知道问题的严重性——他活了八十岁，记不清摔过多少回，那还是他第一次听到自己的身体发出那样的声音；别的时候、别的人身上发出的声音他可能无法判断，自己身上发出来的，他还是有发言权的。

　　老人被一旁的人叫来的救护车送进县人民医院，医生检查过后又拍了片子，结果果真印证了老人的判断：他右脚踝骨折了。万幸的是，其他部位都没发现有什么大碍。征得老人的同意，县人民医院的医生给他打上了石膏，然后叫老人回家休养。这一休养就是三个月。老人说他整天在卧室和客厅之间"混时间"，"床和沙发倒是没什么意见，就是感觉整个人都快要躺发霉了"。

　　这也便是老人之前的治疗经过，简单、一目了然。上边最后面的双引号里括起来的是老人的原话，就是此刻回忆起来，我也不得不停下敲击键盘的双手，放声大笑一阵。老人那天拄着双拐，颤颤巍巍地走进诊断室，坐在我面前一开口说话，我就感觉到这是一位极有意思的老人。我们每天都会有若干时间陷在沙发里，每晚都会将自己日渐肥胖的身躯放进床榻之上的被褥里，谁想到过床和沙发会有什么意见？因为脚踝的伤，老人一时无法行走，床（更多的情况下是病床）或者沙发，差不多是唯一可以容纳他的地方，在此情形之下，他想到的却是整个身体，像某样随着时间的推移而腐化变质的物品一样发霉。老人当然不是有意忽略了脚踝这个根本的原因，也不是没有关注到脚踝上的伤势，他只是在以自己的方式，以小见大、由表及里地看待问题而已。几乎可以肯定，老人所说的发霉，并不是特指哪样具体的事物，甚至也不是他正被伤病折磨的身体，而是我们有形的身体里滋生出的感觉、念头、观点、欲望……乃至思想，这些看不见摸不着的无形之物。决定我们一生的，往往就是这些无形之物。

　　检查完老人的腿，我顺着他刚才的话对他说了一句："没有发霉的！"老人似乎没想到我会这么说，猛地抬起眼看着我，又一次哈哈笑了起来，说："那就好，那就好。"我注意到，老人脚踝的骨折其实已经愈合，但三个多月的石膏固定和卧床休息显然是长了些，因为缺乏有效的锻炼，他腿部力量明显不足，右下肢（尤其是大腿部分）的肌肉明显萎缩，无论是大腿还是小腿，都比左侧肢体小了至少两圈。这也便是导致他到现在仍然只能借助拐杖才能行走的原因。这其实是一种恶性循环，肌肉萎缩就会缺乏力量，而力量的不足又让他没有行走的动力，从而加重肌肉萎缩。我要做的，就是让他打破这种循环，坚定信心，加强锻炼。我要老人躺在床上，教了几种锻炼的办法，又让他站在床边，先是双脚站立，然后慢慢地抬起左腿。老人又一次笑了起来。"我能够单脚站起的啊！"老人高声叫道，语气既惊喜又意外。

和我此前看过的大多数老年人一样，他的腿和腰都有毛病。大约是长期的高原生活所致，他的膝盖已经严重变形，像两块老木头疙瘩（也是他的原话），就是脚踝没受伤的时候也一走路就疼，即便整天坐着不迈动一步，也不时隐隐作痛，尤其是早晚气温变化，或者天气转变前夕，就更疼得受不了。老人说这是到老了还自带了一部天气预报仪，要是年轻时就有该多好啊。没等我问为什么。老人自顾自地说道："那就随时都能知道自己是否适合出门干活儿，那样的话，就可以避免大雪来临时被堵在半路，大雨来临时被淋成落汤鸡。"

时隔半月，当老人以比上次还艰难的姿势走进诊室时，我已经从他的步态里大致看出他膝盖的问题不轻。老人似乎看出了我的疑虑，接着对我说："真是怪得很，我这膝盖好像害怕见医生，上次来的时候一点都不疼，现在脚踝好了（很多），它们却开始作怪了。"

因为左膝关节有积液需要抽取，我为老人涂抹上碘伏消完毒，准备穿刺抽液。刚拿起20毫升的空针，便见老人惊呼起来："我这膝盖，莫非真是润滑油太多了吗？"我想老人大约是被我手里的针头吓着了，他说起润滑油，说明他很可能专门研究过膝关节，甚至知道自己的膝关节里有积液。正常情况下，膝关节本就有一定量的液体，起润滑和保护作用；不管何种原因导致液体增多或者减少，关节就会出现不适症状。老人把它称为润滑油，还真是有些道理的。

我把针头刺入老人的膝关节，甚至还没开始抽动空针活塞，便见空针筒里淡黄色液体在迅速增多，推挤着活塞不断往后退，很快把空针筒里装满了。我听见老人长长地舒了口气，然后自言自语地感叹："油水果然是多呢！"

这一次，我没再回答老人的话。因为我想起了他刚进门时说的"前三十年人找病，后三十年病找人"。老话说"久病成医"，我想这时候我说什么都是多余的。

我不安的因由

他问："你就是天全来的医生？"

我说："是的。你哪里伤了？"

他笑着说："我也是天全人，我们是老乡。"大约是为了让我更信服，他还报出了几个我们都熟悉的人的名字。我说"好的好的"，他这才把手里的片子朝我递过来。我听到我的以"徒弟"之名和我一起工作的同事站在我身旁，轻声苦笑了一下。我知道我的"徒弟"同事为什么会这样。我的这位老乡来医院首先找到了他，但却不让他看扭伤的脚踝，也没让他看伤后在其他医院拍的现在就握在他手里的片子，而是指名道姓要找我看，我的"徒弟"同事只好给我打电话。我从住院部来到门诊诊断室，才知道点名要我看病的原来是这么一位老乡。

我把片子放到读片灯上，顺手在"徒弟"同事的肩膀上轻拍了两下。我是希望我的"徒弟"同事对我的这位老乡的态度不要太介意。选择和被选择，是做一名医生必须习惯经历的事。在可能的情况下，一个医生可以选择在任何一个自己喜欢的地方当医生，但无论在什么地方，自打当上医生的那一刻起，我们就都会不停地被病人选择。如果稍微了解一下病人的实际境况，这样的选择还能分出主动的和被动的，但是，不管哪一种，我们能够做的，就是竭尽所能让选择了我们的病人，用尽可能少的花费尽可能快地获得尽可能好的疗效。除此外，别无他途。

我的这位老乡说他是下楼梯时不慎摔倒导致脚踝扭伤的。他递给我的片子也的确是拍的他的踝关节。我和我的"徒弟"同事仔细看了又看，没看出有骨折的征象。我的这位老乡说拍片的医生和叫他去拍片的医生也都说没问题，没有骨折，但他觉得不对劲，所以特地跑来找我看看。

尽管我的"徒弟"同事电话里也说过我这位老乡是踝关节扭伤，但我还是决定具体查看一下他的伤情。

趁我的这位老乡脱掉鞋袜的时候，我问他是怎么扭伤的。我是想从他的扭伤原因上找一点有用的线索。做了近三十年骨科医生，我太清楚一份清晰的病史的重要性了。有时候，一份准确的病史甚至可以直接提示病变的所在。对于骨伤患者而言，这个病史至少包括在哪里、干什么时、怎么受的伤三个方面。而我的"徒弟"同事在电话里，乃至我的这位老乡自己的叙述，都只是回答了前两个问题，对于最重要的第三个问题却有些语焉不详。

我的这位老乡重复了一遍受伤时的动作，算是给我的回答。

我抬起自己的腿，做了踝关节扭转的动作，问他是不是这样。他说不是，并且又一次重复了一遍刚才的动作。

由此我已经可以大致判断出，我的这位老乡受伤的确切部位很大可能是在足背，而不是在脚踝。

为了验证我的这个判断，我伸手握住了我这位老乡的脚踝。因为已经是伤后一周，无论是脚踝还是足背，受伤所必然导致的肿胀已经消退得差不多了，因此我首先摁了摁他踝部扭伤时最容易受伤的部位，先外侧，后内侧，没有任何痛感。

然后，我摁向了他的第五跖骨，他描述的受伤姿势最可能导致受伤的部位。他咝咝地咧开嘴，轻喊了一声"哦，痛"，我就知道我找到了他确切的损伤部位。

我重新走到了读片灯前，直接盯住片子上的第五跖骨。尽管拍摄的是踝关节，但在侧位片上，我还是看到了我最想看到的第五跖骨基底部，上面隐现着一条清晰的断裂口。这也便是我的这位老乡感觉不对劲的原因。

但是，这竟然是我的这位老乡唯一一次来找我看他的脚伤。

　　尽管是我准确诊断出了他的第五跖骨骨折，而不是其他医院、别的医生说的"没有问题"，但他似乎并不认可我这个老乡。对我这个来自天全来到高原的老乡医生，他的感觉还停留在和天全相关的印象里，在那里，在骨伤门诊换一次药通常的花费是个位数，多的时候也不会超过二十块钱，而在异地他乡，在我这个老乡医生手里，他差不多花掉了五到十倍数目的人民币。这一点，是我事后才知道的。那时候我只管对脚上的骨折进行处理，开具处方是由我的"徒弟"同事按照本地标准完成的。

　　这大约是我的这位老乡无论如何不能理解，也无法接受的。我甚至怀疑，他很大可能在那一次治疗之后，直接去到了我们来的地方。这样的情形，在甘孜高原近乎是一种常态。我记得他那天对我说过他认识好几位我的同事，都是我就职的医院里德高望重的老资格的骨伤科医生。尽管在我的这位老乡之前和以后，我亲手治愈了若干个本地的骨伤病人，免除了他们跑几百公里到我们来的地方治疗的麻烦，但只要一想起我的这位老乡，我心里本就稀薄的成就感，就陡然间轻浅得一塌糊涂。

做了三十多年医生，我当然知道，一个医生要让病人心安理得、心悦诚服，首先得自己心安理得、心悦诚服。可很多时候、很多情形下，我努力做了，但很难做到。

我也知道一个人的能力毕竟是有限的。我之前反复向同事们灌输的所谓从我做起、换位思考，就是要用自己的实际行动换取作为一名医生的心安理得、心悦诚服，我也这样做了，但换回来的却往往并不是我希望的结果。

我的不安由此而生。

深夜守门人

那可能是小冉遭遇过的最危急的时刻。

那个春寒料峭的夜晚，小冉守着电炉，坐在医生办公室里书写当日必须完成的病历记录。小冉大学毕业后即来高原工作，到现在还不到三年，那个春夜是她值守过的若干个夜班中的一个，要是没有后来"忽然"发生的事情，那个夜班也就和往常一样平安无事地过去了。

最先忽然而起的是一声怒吼。夜色掩护并加速了声音的传播，使得那声怒吼更增添了突如其来的效果，听起来既惊心又震耳，像是一块滚落的巨石猝然砸中水泥地面，或者撞上另一块巨石发出来的——在山高水远的高原，这样的事情有着不低的发生率，小冉在别的时间和地点不止一次看到过这样的情景，听到过近似的声音。坐在电脑前，小冉甚至还没来得及分辨出那个人到底在吼什么，耳畔便又响起一阵杂乱的锅盘碗盏被摔打在地发出的撞击声和碎裂声。这下小冉听明白了，声音是从办公室斜对面那间病房传出来的。

办公室斜对面那间病房安置着两张病床，但那时只住了一位老人。

小冉心里"咯噔"一下，整个人像是冷不丁地遭受了意外的电击，定在那里，双手悬在键盘上方迟迟无法落下，挺着头，屏住呼吸，耳朵朝向办公室外，注意着办公室斜对面那间病房接下来的动静。过了大约三秒，也可能是五秒，那些乱七八糟的声响似乎没有停下来的意思，小冉赶紧从办公桌前起身，冲出办公室。小冉的脚步还没跨进那间病房的门，就听见病房里传出一声响亮得近乎歇斯底里的咒骂："你都活这么大岁数了怎么还不去死！"

咒骂声是一个中年男人发出的，混合着浓烈的酒气，巨浪似的，一阵阵朝病房门口涌过来。小冉听出来了，那是老人的大儿子。站在病房门口，望着病房里一地的狼藉，小冉一下就惊呆了。

病房里正上演着让小冉更加惊异和不解的一幕：老人的大儿子俯在床头，一手抓着老人的肩膀，另一只手高举起来扇向老人的脸。老人紧闭着双眼，爬满皱纹的眼角挂着亮晶晶的泪珠。小冉不由分说抓住了老人大儿子再次扇向老人的手，老人的大儿子随即转过身来，浓烈的酒气穿过口罩与脸颊间的缝隙窜进小冉的鼻孔，小冉一时被熏得有些迷糊。

等老人的大儿子反应过来的时候，已经被小冉拉出病房。老人的大儿子似乎没想到自己的手会被人抓住，而且抓住他的还是一个看起来弱不禁风的年轻女子，一个操外地口音的医生。沉溺在酒精刺激下生发的激情里，老人的大儿子开始在走廊上横冲直闯，想要冲进病房。这当然是小冉不想也不愿看到，更不可能让它在自己眼皮子底下发生的，站在病房门口，小冉娇小的身体像是瞬间获得了某种特异功能，瞬间变成了一堵坚不可摧的墙，把病房门死死地封堵上了。

这时候，同时段在护理部值班的小沈也闻讯赶到了病房。尽管小沈也是位年轻女士，但她的及时出现还是让小冉瞬间感觉到了一种依靠。看小冉已经将老人的大儿子限制在病房外，小沈首先进到病房去看了看老人，确认并无大碍之后，便翻出病人的几个家属留给护士工作站的联系电话。

第一个电话没人接听；第二个倒是接了，但接听者拒绝来医院；第三个也打通了，但同样拒绝来医院，理由是他们下午刚刚离开。放下电话，小沈无可奈何地朝小冉摊开了双手。

和小沈四目相视，无计可施的小冉几乎就要哭起来了。一方面是害怕，一方面是担心。就在她守着病房门，小沈四处打电话的时候，老人的大儿子就有几次试图冲破她的阻拦进到病房里。小冉不敢肯定，如果老人的大儿子以更蛮横的方式冲过来，她还能否顺利地将他挡住。

那时候，小冉还不明白老人的大儿子为什么会变成这个样子，小冉更不能理解一个中年男人竟然咒骂自己的母亲，希望她早点死去。

带着这样的惊异和不解，小冉就那么守在病房门口。一直到天明。

我知道办公室斜对面那间病房里住着的那位老人，也知道老人的大儿子。

事实上，老人最初来院时的首诊医生就是我，后来也是经过我的手把老人安排住院的。起先我其实并没打算收老人住院，不是不想收，而是迫不得已。原因在于，仅就老人的髋部粉碎性骨折而言，手术是最佳的治疗方案，可医院的手术室尚在建设中，暂时无法完成这类骨折病人的手术。所以我给出的建议是转院，让老人转到有手术条件的地方，尽快接受手术，那样既能减轻老人的痛苦，缩短卧床时间，以避免因为长时间卧床可能出现的恶果（很可能是死亡），也可以免除家属们更长时间的陪护和由此带来的对人力物力的无谓耗损。但老人本人不愿意手术，家属们也觉得，老人这么大年岁了还开刀安上钢板，骨折愈合后还需要再开一刀取出来，既有风险，也太不划算、太麻烦。老人的儿女们于是找到医院办公室我的一个同事——他们的远房亲戚，坚持着在医院住了下来。

老人有两个儿子、一个女儿。老人来医院那天，大儿子和大儿媳、二女儿和女婿、三儿子和三儿媳，以及一大群孙子孙女都来了。一家人开了三辆车子，一辆老人和大儿子大儿媳坐，其余的人挤在另外两辆车上，浩浩荡荡地将老人送来医院。老人在医院里住下，他们就排了班，由大儿子和大儿媳、二女儿女婿、三儿子和三儿媳以及部分孙子孙女轮流在医院照看。

由于老人的病情和来历，老人一进到医院，便引起了全科同事特别的关注。没出几日，同事们便都对老人和照看她的子孙辈儿熟络了。相应的，老人和她的儿孙辈儿也都对医护人员很快就熟悉了，无论是在病房，还是医院其他地方、街上，无论什么时候碰到，无不笑呵呵的，彼此招呼着，像招呼久违的朋友或者亲人。如果不是那个夜晚发生的事情，如果老人的病情不出现什么意外的话，这样一幅医患和谐的经典图景，无疑将会随着老人住院时间的延长，长时间地展现在病房里，继而更长久地留存在所有"景中人"的心中。

我后来知道，陡然的转折起始于那天早些时候进行的一场谈话。发起者是我的另一个同事，对象就是老人的子孙辈儿。同样内容的谈话，在老人来院时就已经进行过一次，作为首诊医生，我是那次谈话的发起者，我相信老人的儿孙辈儿是了然于胸的。这一点，从他们坚决要求在这里住下来，并找到医院办公室我的同事帮忙就可以得到确切的印证。

经过十多天的治疗，老人的病情其实已经明显好转，家属的情绪也逐渐稳定，总之一切都很好，最起码是在朝向好的方向发展。谁也说不清，我的这位同事为什么要突然进行这样一场谈话，尤其是所谈的内容，不过就是重复一次我在老人来院时说过的话，就更有些让人摸不着头脑了。大约是为了证明其严肃性，我的这位同事还特地命人把刚刚完成陪护任务回去休息的家属连同其他亲属统统叫到了医院。

小冉和我都没有参与那场我们意料之外的谈话，因此不知道当时的具体情形，就是谈话的内容及其相关信息，还是谈话过后我的这位同事主动向我们透露出来的。

我没有说话，因为不知道该说些什么。医患沟通向来就敏感而棘手。绝大多数情况下都会顺畅地开始，又顺畅地结束。

像一架天平，我们把患者所患疾病可能出现的各种意外放在一端，患者和家属们把他们的理解和信任放在另一端，天平得以维持着平衡。但个别时候，我们把想说的话说了，却久久得不到患者和家属们应有的回应，或者相反，他们会把理解和信任之外的东西一股脑丢出来，这样一来，天平的失衡就是必然的事情了。

另一种极端的情况是我们通常所说的过度沟通：我们说出的话太重，或者是我们选择了不恰当的时机说出来，或者本来是我们以为正常的话，却超出了患者及其家属们所能承受和理解的范围，结果同样是失衡。

在我看来，我的这位同事所做的事情大约属于后者。但是我想，我的这位同事很可能是通过十多天的观察，看出了其中蕴藏和滋生的危机，甚至只是一丝可能发生危机的端倪。他所以要进行那样一次谈话，就是要解除他发现的危机，或者把那些端倪扼杀在萌芽状态之中，以免酿成不可想象的祸端。只是，他显然高估了老人子孙辈儿的理解力和承受力。

后来的事，我们就都知道了，老人的其他儿孙辈的人在谈话完成后便逃也似的、纷纷无声无息地离开了医院。只剩下老人的大儿子一个人留了下来守着老人。

这也便是老人的大儿子那晚醉酒，进而在病房里摔打、吵闹的原因。

我是第二天早上才获知小冉的遭遇的。

获知情况以后，我便禁不住揣测，那可能是小冉遭遇过的最危急的时刻。但是，尽管后来听同事们一次次重复讲起那个夜晚，说起那个时刻，我也一直没向小冉求证过——我固执地相信，这种可能性很大程度是真实存在的，就像那个夜晚是真实存在的一样。

我同样坚信，那样的时刻和场景显然出乎小冉的意料，甚至也出乎所有同事的意料，所以他们才在事发之后一次次说起那个夜晚，说起小冉。他们却从不评判，似乎他们"说起"本身，就已经道出了他们的观点和看法，就像小冉后来从没说，却已经道出了她的观点和想法一样。

至少我是一次也没有从小冉口中听到过那个夜晚的。仿佛那就是一块滚烫的烙铁，被小冉死死地、小心翼翼地封存着，一旦揭开，便会不可避免地造成第二次、更广范围的伤害，而且受伤的将很可能不止她自己。所以小冉选择了绝口不提。

没有人统计过世上每天有多少那样的时刻出现，如果有，我想那一定是一个不小的数字，而且，这个不小的数字所包含的每一个个案，应该都有不同的当事人。从这个意义上说，小冉经历的那个危急时刻就是独立存在的，有其唯一性。那样的时刻，小冉做了她必须做而又力所能及的事情。换成是我，或者其他任何一名医生，我们所能做的，大抵也会和小冉一样。这和我们做了多长时间医生没多大关系，甚至也和我们从事医生这个职业没多大关系，而只是一个血肉之躯在另一副血肉之躯遭遇可能的危险时，必然会有的举动。

尽管如此，我后来还是小心翼翼地问小冉："那时候，你就不怕吗？"

小冉笑着，没有说话。从我从医三十年的经历和一个旁观者的角度看，我想那时候小冉内心一定是有过惧怕的，只是她没有时间和空间去说服自己。等她真正感觉到时，那一夜已成为过去，她有的只有后怕。

良久，小冉突然反问我："你当了三十年医生，遇到同样的情形时，怕过没有呢？"我嘿嘿一笑，说："你以为呢？"我知道这不是小冉想要的回应，我更知道，真实的答案及其对应的现实境况，一定会让小冉心生更多的后怕和不安，甚至可能让小冉刚刚开始的医生生涯蒙上一层无法抹去的阴影。一个医生，总是被罩着这样一团阴影，显然是太过沉重了。

我想说的其实是，每个人都可以是一盆火，我们只管燃烧着，总有一刻会让人感觉到光亮和温暖；说不定还会因此生出另一团火，温暖和照亮更多的人。当然，这已经是那个夜晚过后，我从另外一个角度所能给出的解释，也是我来到高原认识小冉，尤其是那个夜晚过后，小冉留给我的最深刻印象。

我早就知道小冉来自成都市郊，现在是她当上医生的第三个年头。有些事情，不用太久，也许就在那个春夜过后，小冉慢慢就会弄明白。

我能做的，唯有默默地祈祷和祝福。

雪山上的遗迹

一定有一场惊心动魄的意外事故发生。而且，那场确凿无疑的事故，必有同样确定无疑的一个或者若干个人，作为主角参与其中，并被记入交管部门的档案里。如果有机会走进交管部门的档案室，我就能看到更多关于那场事故的具体细节，由此及彼地推测出一个个生动鲜活、触目惊心的场景，进而连缀成一个脉络清晰、结构完整的事故经过，讲述给感兴趣的人听。

但是现在，我只是作为无数个途经者之一，在折多山东面的半山腰，看到事故发生过后被特意保存下来，以警醒像我一样的途经者的最后的场景——一个遗迹。在海拔四千多米的折多山，道路呈接连不断的许多个"Z"字形爬升。我看到的这个遗迹就在半山腰那个"Z"字拐弯最突出部的路边：一个高过路边水泥石墩的台子上，静卧着一辆面目全非的车子。

台子由四根金属立柱支撑而起，孤零零地矗立在我驾车必然经过的路边，像一个祭坛。台子朝向道路的一面，贴地竖了一块牌子，写着八个大字：无视安全 车毁人亡。字是红色油漆写就的，显而易见的手写体，尽管日日经受着日晒风吹雨打雪蚀，依旧红艳艳的，醒目如刚刚泼洒上去的血。

祭坛上的车子是一辆小轿车。银色的车身变形严重，好多处裂折皱起的地方已经生出铁锈，像一道道结痂的伤口，空空如也的车窗上看不到一块窗玻璃，但你依然还能隐约看出车子最初完美的流线型外观。在被人驾驶上路之前，它定然被销售者面对若干个顾客一次又一次做过生动详尽、绘声绘色的描绘：外观如何时髦、功能如何完备、马力如何强劲等等，总之就是完美，就是无可挑剔。后来某一天，它果真就被人看上了，随后便在路上如水般穿梭流动起来。

无从知道这里是否就是事故的发生地，也无从知道事故发生时乘客的具体数目。驾车途经时常大雪纷飞、白雪皑皑的折多山，想来应该还有乘客与驾驶者同行，那场确凿无疑的事故一发生，驾驶车子的人和车上的乘客，作为父亲或者母亲、妻子或者丈夫、儿子或者女儿的身份，很大可能只留下词汇意义上的存在。

这个小小的联想，在我第一次看见那辆再也无法开动的车子时，便固执地盘桓在脑海中。我清楚地记得，那天折多山下了很大的雪，在一片白茫茫的世界之中，那辆再也无法行驶的车子无声地躺在路边那块高耸的水泥台子上，我躺在副驾驶位上仰望过去，恍若一块无声的纪念碑。我摇下车窗，想要探出头去看得更清楚，刺骨的寒风呼啦一下灌进车厢，浑身禁不住一阵哆嗦。为了阻挡寒风更猛烈的刺激，我赶紧抬起手挡住双眼，这个不由自主的动作，无意间避免了被人瞧见那一刻有什么东西溢出我的眼眶。

雪夜手稿

比如失眠

三月八日　尽管已是春天，高原的半夜依旧寒意浓重。我拉开房门，扑面而来的寒气像一堵坚硬且冰冷的墙。我不由自主地裹紧身上的衣服，身体随之弓成了一把弯刀，迟疑了一下，终于还是鼓起勇气斜着哆嗦的身体走出房门。

狭长的走廊上，除了走廊必然存在的四壁，那堵矗立在我感觉里的墙，当然是看不到的，但我一眼就能看见那团蓝色光晕。夜晚的走廊静谧、幽深，那团蓝色的光晕让人禁不住想起高原随处可见的海子。我并不是在隐喻什么，那团事实上存在的蓝色光晕来自走廊尽头那个门楣上方的微型灯箱，蓝色光晕的中心闪现着四个字——安全出口。

为了避免走廊上的光线透过门框与门板之间的缝隙钻进房间，昨晚睡下之前我照例关掉了走廊上的照明灯，亮如白昼的走廊一下就暗了下来，黑漆漆的，恍若电影或电视剧里常常可以看到的那种不知道通往何处的暗道。不同的是，我熟悉这条暗道上的一切，因此当我打开房门、步入走廊时，并没有丝毫置身暗道里通常会有的那种恐怖感觉。我打开房门，黑漆漆的走廊便被房间里透出的光线照亮了，但只是房门对着的那一小部分。我往前走进未被照亮的部分里，猛一回头，竟莫名地想起长条形的面包，因为我房间里透出的光线，走廊这块长条形的面包被压缩，感觉像是被切掉了一块，亮出一个巨大的豁口。等我重新回到房间，关掉灯的时候，它还能恢复原状吗？站在走廊未被照亮的部分里，我被自己脑海中一闪而过的这个念头逗笑了：如果黑漆漆的走廊真是一块长条形的面包，那我会是什么呢？

跨过"安全出口"那道门，就是我要去的卫生间。我笑着迈开步子，快步走了过去。

这是我开始在高原第二阶段工作后的第五个夜晚。房间里的空调很暖和，开着电热毯的被窝里更暖和，回到房间里躺下，刚刚侵入身体里的寒意很快被驱赶出去，隔离在了近在咫尺的房门之外。我知道必须躺下，否则就很可能在睡意重新降临时把自己变成一尾贪恋浅滩而忘记了随着潮汐退去游回大海的鱼，又一次把自己搁浅在睡眠之外。

躺在床上，我看了看手机显示屏上的时间，02:13。

雪夜杂思

躺下，闭眼，入睡。我们每天都在重复这样的事。每当我们觉得自己（其实是自己的身体）累了，需要通过睡眠来修养生息时，便会这么温习一遍。但我们并没有意识到自己是在温习。因为这样的事我们温习得已够多了。因为自然而然，所以习以为常、视而不见，所以我们几乎不大可能意识到，这是我们的身体利用自身的一部分来完成对整体需要的满足。同样作为身体一部分的心脏、大脑，则是相反的情形，差不多是整体对局部的支援和成全。我们的身体最擅长的事，就是协调治下的每一个部分，让每一个部分彼此需要、相互依存，浑然一体、密不可分。

尽管如此，还是免不了会出现意外状况。比如失眠。不知道是否有人统计过失眠在成人世界的发生率，你随便找一个场合，对在场者做一个微型调查，问问他们是否有过被失眠困扰的经历，可以肯定的是几乎没有人会给出否定的答复。说不定其中就有人正深受其害，苦不堪言。对此，我们差不多也都能感同身受。

有时候，我们的身体明明很困，急切地想要休息一会儿，于是我们躺下，却怎么也睡不着，只好大睁着双眼，眼睁睁地看着墙上的挂钟，嗒、嗒、嗒，秒针转了一圈又一圈。脑海中却有无数的人影、场景，钻进困意重重的身体，这时候，我们的大脑便脱离了我们的身体，变成了身体的孤魂野鬼，任你怎么使唤也控制不了。

这时候，我们就会无比怀念起自己小时候：我们玩儿累了，钻入被窝，闭上双眼，用不了多久便沉入了梦乡；有时候可能会有父亲或者母亲守在床边，叫我们闭眼，我们就闭上，接着便把均匀的呼吸声送进父亲或者母亲的耳朵，让他们微笑着，走出我们的房间。

在此情形之下，那些日渐遥远的日子作为过去的一分子被我们记起，多多少少地就有了点特别的意味了。

小时候我们曾一天天期盼着自己快快长大，而现在却真切地怀念小时候，尤其是那时候美好的睡眠。好像长大成人是多么不堪的一件事情。

标准预防

三月十五日　这是一个特别而且值得记住的日子。晚上无所事事，莫名其妙地想起一桩旧事。

有一天，我突然接到一个电话，游姐要我去医务科一趟。游姐是医务科负责人，自打我到医院报到的第一天起，游姐就和其他同事一样，管我叫李老师。而我则叫她游姐，一方面是觉得这样叫来亲切，另一方面是对游姐表达同事之间应有的尊重。

游姐是要我去看一份材料。其实就是几张复印的报告单和门诊记录，都是关于一个五岁男孩儿的。三个月前，这个小男孩儿玩耍时被窗户夹伤了右手食指，第一时间来医院看了，接诊医生给拍了片，未见明确骨折，建议予以云南白药局部喷用。差不多一个月后，小男孩儿的父母再次跑来医院，却不是来看病的。"你当时为什么说骨头没问题？"小男孩儿的母亲质问。"我们家娃儿将来是要弹钢琴的，手指不行，你说怎么办？"小男孩儿的父亲接着质问。他们质问的对象，起先是当时的接诊医生，后来就变成了医院的领导们。这也就是游姐叫我去医务科的原因。接诊医生绞尽脑汁想了半天，也没想起他们所说的小男孩儿来，在他们的反复提示下，接诊医生翻看了门诊登记本，找到小男孩儿的名字，这才恍惚记起确是诊治过这么一个小孩儿的。但那是仅有的一次，之后，小男孩儿便再没来医院复查治疗过。接诊医生不明白，小男孩儿的父母为什么突然跑来医院，还提出这么些问题。只好从电脑系统里提出当时拍摄的小男孩儿手部的X光片，仔仔细细地看了又看，的确没发现明确的骨折征象。接诊医生依然不放心，又请放射科同事仔仔细细地看了又看，依旧没有发现明显的骨折征象。小男孩儿的父母似乎感觉到不大可能从接诊医生这里得到他们想要的结果，转而跑到医院行政办公区，找到了医务科，要游姐给个明确的说法。理由和他们给接诊医生说的一样。为了证明自己理由充分，小男孩儿的父母先是拿出了三个月前在医院拍摄的X光片报告单，上边显示"未见明确骨折"，又拿出后来在雅安和成都的两家医院拍摄的CT和MRI片子，指着MRI报告单上写着的"可疑骨折"："你们写的是'未见'，人家看到的是'可疑'，什么是可疑？就是不排除，就是有（骨折）！"他们斩钉截铁地说。

游姐一边给我说起小男孩儿的诊疗经过，复述着小男孩儿父母的话，一边将那些材料在我面前铺展开。事实上，在接到游姐的电话之前，我就听同事们说起过小男孩儿的事情。我从同事们身上感受到了深深的无奈和愤懑。而游姐呢，除了同样的无奈与愤懑，还有一份沉甸甸的责任。游姐找我来，就是希望听听我的意见。

可是，我能有什么建议呢？

我冲游姐摊开了双手。小男孩儿的父母显然陷入了一种奇怪的逻辑怪圈里：他们自己编织的、自以为完美的逻辑怪圈，像一层坚硬无比的壳，除了他们自己，任何外力想要打破或者进入，几乎没有可能。

突然——似乎只有这个词，才能够准确表达那一刻从天而降，既意外又令人惊喜的兴奋心情——我看到了一行字。确切地说，是在一行字里看到了一个字。按照我的理解，那个字的出现应该是多余的，是书写者（接诊医生）犯下的一个不大不小的错误。

那行字，来自接诊医生书写的门诊记录，字迹有些潦草，内容却是一目了然的：右手食指骨软组织损伤。如果我的理解没错，接诊医生要写的应该是：右手食指软组织损伤，并且应该还要写明食指受伤的具体部位是哪一节，可同样被接诊医生忽略了，不知道为什么。

我死死地盯着那个"骨"字，在那样一行歪歪扭扭的汉字中，它像河滩上的一块巨大的宝石。

我腾地一下从座位站了起来。

"有骨啊！"我兴奋地说。

游姐显然是被我的举动惊住了，不明就里地望着我。我于是把我的发现原原本本地告诉了游姐。

后来听说，当小男孩儿的父亲母亲又一次来医院的时候，游姐便将我看过的那份门诊记录拿出来，明白无误地指着上面那个"骨"字，小男孩儿的父亲母亲见状，竟一下就没了此前咄咄逼人的气势……张着嘴，却说不出话来。我一直以为我无意间的那个发现，不过是一个语法问题，却没想到竟有如此巨大的威力。

特记之。

雪夜杂思之二

不久前，在省城一次十分严肃的会议上，我有幸与几位三甲医院的院长和专家教授坐在一起，讨论眼下的医疗工作。在座的人，只要觅得机会开口，便滔滔不绝地讲个不停，似乎有说不完的话、讲不尽的事、诉不完的苦，似乎每个医生、每家医院手里都捧着一本难念的经书，需要借机把难处倾吐出来，以期获取世人更多的理解。

归结起来，每位发言者话语的背后都有一个共同的指向：现在做一名医生，除了治病救人之外，还必须懂得经营之道，学会防身术，能够自如地与各色人等周旋……评论家苏珊·桑塔格在《疾病的隐喻》里说，疾病是人生的阴面，是一重更麻烦的公民身份。而与之对应的医生，却需要身兼挣钱好手、搏击健将、社会活动家等等多重身份。你挣不到钱，就没有绩效工资，日子就会过得很惨淡。你不会搏击，说不定哪天，当有人挥舞着棍棒或者大刀向你走过来的时候，你就只有挨揍的命。你除了会治病，还必须学会识别你面对的是什么样的人，并且有足够丰富的方法和手段搞定其中的刁蛮角色、不怀好意者，否则你可能随时面临投诉、纠纷、逃费等等麻烦。这显然有悖常理，可当下的实际情形却大抵如此。

我们都知道医疗行业的特殊性，但我们不应该只强调其特殊性，而忽视了这个行业的参与者所必定自带的普遍性。因为无论是医务人员还是病人，他们都首先是这个社会的一分子，一个法律意义上的普通公民，享有和所有普通人一样的权利，也应该尽和普通人一样的义务。把这点认识清楚并且处理好了，再来讨论这个行业的特殊性，讨论医患关系，才能更准确、更有意义，也更有益于这个行业的健康发展。这就好比面对一个具体的癌症患者我们诊断时需要分出早、中、晚期一样。为什么？因为每一个时间段，患者的身体状况是不同的，就是同一个病人，今天、此时看到的情况，完全可能与昨天、上一刻看到的情况有所不同，因此我们给出的治疗办法和措施，也就必须因人而异、因时而异，甚至还需因地制宜。在中医学上，这叫动态平衡。仅仅强调患者在医学知识方面的弱势，和只讨论医疗行业的特殊性一样，既不合情，也不合理。

我注意到，还有不止一个发言者提到另一件事情，那就是有关部门竟然堂而皇之地要求医院在门口安装安检系统，就像我们去乘坐飞机时那样，但凡进到院区的人，都必须经过安全检查，否则不能通行。起因就是媒体上不时爆出的伤医事件。为防止类似事件再次发生，防患于未然，有关部门的有些人于是想到了借鉴机场安检的做法。这样的做法看起来挺合理，却分明地忽略了极少数与绝大多数、个别与全体的关系问题，把极少数、个别人的过激行为推而广之，以为所有进入医院的人都可能是潜在的危险分子。既然危险，当然得严肃认真地对待了。

这其实也是从根本上忽略了医学的本质。医疗活动的参与者毕竟是人，每个血肉之躯都带着自身的温度和情感，所以医圣孙思邈说"医乃仁术"。把绝大多数情况下仅仅是可能存在的潜在危险，全部交给冰冷的机器来甄别和评判，显然与我们不断强调的人文建设背道而驰。

现代医学有个基本的概念和规范，叫标准预防，与法学上的有罪推定有些近似，就是假设我们面对的都是病人（罪犯），从而要求医务人员在医疗活动前后采用"七步洗手法"进行"手卫生"，以消除可能存在于我们手指间的毒物。可在本应充满温情的医患关系中，如果我们果真也如此行事，那就太粗暴、太草率了。

无论如何，世上的好人还是绝大多数，否则，我们还有什么意思继续活下去？

关于人性

五月十一日　与同事老N在街上吃过晚饭，往回走时路过一家杂货店。杂货店老板是一位头发花白的中年男人，店员是一个少妇，看上去也就三十出头。杂货店老板看到老N，便从店铺座位上站起身，笑呵呵地从烟盒中抽出烟来，挨个递给老N和我们同行的几个人。老N冲杂货店老板摆了摆手，看着女店员，嘿嘿嘿笑着叫了一声"X局长"，杂货店老板却不依不饶地冲老N举着烟，硬要老N把烟"烧起"。老N不抽烟，杂货店老板硬要他把烟"烧起"，差不多可以看成是老朋友之间的挑逗和调侃，老N当然心领神会，所以他才那么冷不丁地叫了一声"X局长"作为回应。叫过之后，老N便扭过头，冲我递过来一个意味深长的眼神。

我顿了一下，恍惚间突然明白了些什么，但我没有说话，在人来人往的大街上，我实在没有勇气当着"X局长"的面说些什么，因此不知道，眼前的这位"局长"和传说中的那个"局长"是不是同一个人。

我知道的那个传说，最先来自另外一位同事。之前某天，我和医院的几个同事一起喝茶，老N也在，这位同事讲起一则旧事，主角就是一位"局长"。这位局长到单位工作的年限不是最长的，但手下有好几位是他的哥们儿，还没当上局长之前他们就经常一起嗨，当上局长之后一起嗨的次数就更多，也更顺理成章了。那一年，单位来了一拨实习生，其中有个女生，不仅人长得漂亮，待人接物也深得局长喜欢，于是，局长大人和几个老哥们儿一起外出嗨的时候，就都不约而同地把漂亮女生带上。后来，漂亮女生实习期还没结束，便被发现怀孕了。漂亮女生从没谈过恋爱，如此一来，孩子的父亲当然就只能是局长大人和他几个哥们儿中的一个。一开始，没有谁想到也没人相信这个人会是局长大人，因为他在单位一直爱兵如兄如子，在家里一直爱妻爱子如命。面对漂亮女生和她的家人，局长大人也坚称与自己无关。后来就抽了血，先是漂亮女生的，然后是局长大人和那些日子里所有与漂亮女生一起外出嗨过的人，检验结果令人大吃一惊：孩子的父亲就是局长大人。事情出现如此戏剧性的反转，让很多熟悉局长大人的人，包括局长大人本人，不得不闭上嘴巴；有些后来又不由自主地张开了，却像是被施了魔法，纷纷变成了黯然的哑巴。此事一出，局长大人不仅再干不成局长，就是赖以生存的工作也丢掉了，只好在街上开了一家店铺，店铺的员工就是局长大人和那个漂亮的女实习生。至于开的什么店铺，开在哪条街上，同事们和老N就都没有明说。

"X局长"的杂货店旁边还有一家面馆、一家发廊、一家药店、一家服装店、一家土特产店……告别"X局长"之后，我禁不住向老N求证。老N又一次意味深长地笑了笑，把嘴巴朝向我们刚刚经过的街道努了努，示意我往那里看。其实老N完全可以用手指一下，或者干脆说一声是或者不是就行了，但他选择了无声的肢体语言，我想老N应该不是有意让我去猜，甚至也不是想隐瞒什么。在这个一万多人的高原小城，那些店面的主人基本都认识老N，细究起来，有些甚至可能还是转弯抹角的亲戚。在此情形之下，老N把本来十分明确的特定对象，变成一个模糊的指向，就差不多是必须的事情了。

雪夜杂思之三

人都有利己之心。正常情况下，因为众多他者的存在，还知道收敛自己以守住基本的底线，并顾及如何利他。一旦情势变化，让某些人从人群里冒出来，有机会可以一伸手就攫取到人们拼了命也不一定能得到的东西，那他就会想方设法攫取更多。权利、地位、金钱、美色……恨不得掌控整个世界，无所顾忌，得意忘形。这时候，一直都在的他者便被踩在了脚下，个别因为勇敢地表达了不同意见，乃至其他其实再正当不过的个人诉求，便会随即被划入另类，甚至被视为敌人。这时候，这个人事实上已经离自己的末日不远了，可他还沉浸在大功告成的喜悦里扬扬自得、沾沾自喜，还以为自己拥有越来越广阔的世界。这就是人，就是狗日的人性。

枪膛里的子弹

六月八日　Y所在科室全体同事请我们进城去吃火锅。Y是一位两个孩子的母亲。大女儿正在念高三，据说学习成绩不错，极可能顺利考取心仪的大学；小儿子刚刚上学前班，活泼快乐。我们一起在高原工作的日子里，每天下了班，Y必定要做的一件事情就是接打孩子们的电话。步行去火锅店的路上，Y首先接到的是儿子打来的电话，一路上，Y一直都在就自己什么时间回家和儿子纠缠不清。在火锅店里坐定，刚刚吃了几口，Y的电话又响了，她拿起手机看了一眼不断闪烁的手机屏幕（应该是看到了来电地址），便起身走出了房间。Y回到餐桌旁时，手机还举在耳边，只见她走到座位前，似乎有些不耐烦地说了句"就这样了，我吃饭呢"，然后挂掉了电话。同事们纷纷关切地询问Y有事吗，Y似笑非笑，装出轻描淡写的样子吐出四个字："没事，女儿。"同事们见状，也就不好再说什么，只管一心一意地吃饭了。随后，从来滴酒不沾的L竟然主动抓起杯盏，很快把自己灌得酩酊大醉，几近不省人事。Y平素爱笑，在我们同事不下十年的时间里，这差不多是她留给我的唯一印象。可是今天，因为一个电话，Y的笑容被击散了，痛苦取而代之，云雾一样笼罩着她。至于为什么这样，Y没有说，我和在场的同事们一样，就都一头雾水，只好当那是Y的一个秘密了。

雪夜杂思之四

一个黑漆漆的枪口，指着一个或者一群人的后脑勺。枪响了，子弹从枪口射出，钻进它面对的那颗头颅。鲜血喷涌而出，那个或者那群被捆住手脚的人随即倒伏在地，随着心跳和呼吸的戛然而止，那个或者那些个脑袋瓜里那一刻所有的想法、念头、感觉，也随即停止并消隐了，仿佛这些原本就看不见摸不着的东西，根本没存在过一样，仿如来无影去无踪的风。

这不是我杜撰的，而是影视剧里经常可以看到的场景。

如果我们稍稍注意一下，枪响之前的那一刻，枪口下的每个人无不双眼紧闭，枪声响过之后，有人竟重新睁开了眼，站了起来。原因可能是子弹碰巧在那一刻卡壳了，或者指向他脑袋的那支枪根本就没被扣动板机，枪膛里的子弹并没有真的射出来。不管什么原因，那个人得以继续活着，可能只是暂时的（卡壳的子弹完全可以重新被推上膛），也可能是更长时间（有人有意让你体验一下面对枪口，随时可能和身边的同类一样毙命的感觉）。

很多时候，我们不幸罹患的疾病、感受到的痛苦和绝望，可能就是那黑漆漆的枪口里射出来的子弹。只是，有些人看到了枪口却视而不见，有些人则正好相反，明明没有枪口指向自己的脑袋，却总是觉得自己随时都处在枪口之下，随时可能扑倒在地。

还有一种完全可能的情况，那就是真有枪口指着的那些人中的一些人，在枪声响过之后，依然重新睁开眼，站了起来，因为枪膛里装填的不过是空包弹，那枪声，不过是想让枪口下的人亲身体验一下生命的脆弱和面对枪口的恐怖感而已。但那个人往往由此忽略了，不知什么时候，可能会有另外一支黑漆漆的枪口，再次顶住自己的脑袋瓜子。那时候填装在枪膛里的子弹，很可能就不再是空包弹了。

如果人生真是一场或长或短的剧目，每个人都可能是枪口下的那个人，也都可能是持枪者——是我们端着枪，扣动板机，把疾病、痛苦、绝望……子弹一样射向了自己。

想到此，我赶紧举起双手，捂住自己的脑袋。

打鼠的三种方式

六月十七日　受医院指派，在县初级中学进行了三天的中考医疗保障工作。今天是最后一天。

所谓保障，就是带上应急必须的药品和器材，守在考场上。学生们为了各自既定的目标和未来，埋头坐在考场上进行着紧张的战斗，我们则在考场外严阵以待，一旦考场上有"伤兵"出现，即刻投入工作。县初级中学的校园俨然就是我们的战场，那不知道什么时候就会开始的医疗保障工作，就是我们必须随时准备参与其中并且战而胜之的另一场战斗。

初级中学的大门朝向文化路开着，在高原工作的日子里，我差不多每天都会从学校门口路过一两次，每次都会听到校园里传出的琅琅读书声，有时候是运动场上高亢的叫喊声和篮球撞击篮筐发出的清脆声响，因了这次保障，我终于得以跨过学校大门，进到初级中学的校园里去。我们每天在学生们进场之前就守在校园里，等他们一个个从考场出来，兴高采烈或者垂头丧气地步出学校大门，我们才收拾好东西离开。

三天时间过去，我们必须随时准备参与并且战而胜之的那场战斗并没有打响过哪怕一次。但是，我却没有丝毫如释重负之感。因为一则传闻在保障期间被确认。传闻的主角是一个劳改犯，传闻说，之前某天，刚刚释放回来不久的劳改犯邀约三个青年（其中一个刚刚高中毕业）和两个初级中学的女生吃了晚饭，又去KTV唱歌。他们借机灌了女生们不少酒，然后对她们进行了侵犯。迫于劳改犯和三个青年的淫威，想必也有可以想见的羞耻心的作用，受害的女生并没敢第一时间将自己受害的事情声张出去，但家长们看得到了女生身上醒目刺眼的伤痕和情绪上必然会有的变化。被最先看到的是其中一个女生颈部刺眼的瘀斑。家人追问女生瘀斑的来历，女生起先还顾左右而言他，可说出的理由却很牵强，可能连她自己都不会相信。后来女生的家人就报了案，劳改犯和三个青年随即被缉拿归案。传闻说，算上这次，这至少是劳改犯第三次因为不同的原因被抓，前两次分别是盗窃和抢劫……

传闻把事情发生的时间确定在高考之后的那个周末，也就是刚刚结束的中考前一周，但我一直不相信这会是真的。可就在我们守在校园里，看着他们一个个花枝招展地进进出出的时候，同去参加保障的一位当地同行告诉我，传闻确有其事。大约是为了打消我的疑问，当地同行甚至还说出了那个劳改犯的姓氏……

雪夜杂思之五

对于一只不知道什么时候就会屙屎拉尿的老鼠，我们该怎么办？首先要做的，当然是认清其作为老鼠的真面目和不知道什么时候就会屙屎拉尿的鼠性。然后再论打鼠。办法不外乎三种：一、想方设法让其具有人的羞耻心，不再随时随地大小便，与人和谐共处，甚而至于进化成人。这当然是最好的，但随之而来的风险也很大，因为一旦鼠类真的披上了人的外衣，就会迷惑住人们的眼睛，甚至很可能让有些不明就里的人慢慢与之趋同，人鼠一窝，世界将因此大乱。因此此法只能作为笑谈说一说。二、承续古老的传统，让街上的每个人都既喊打又真动手，让鼠类无处遁形，让人性顺理成章地战胜鼠性。人气蔚然，世界美好。三、盯住街上的人，追究喊打者、旁观者为什么喊打，为什么旁观，为什么喊而且打，为什么喊而不打，为什么只是喊，为什么仅仅是旁观，让打鼠者、喊打者、旁观者无法一心一意地打鼠，无法一心一意地喊打，无法一心一意地旁观，却对鼠类在街上的出没置若罔闻，从而在事实上为鼠类提供更宽松更广阔的生存空间。这还不是最可怕的。最可怕的是，有人有意无意间把鼠类屙的屎拉的尿当成黄金，把鼠类屙屎拉尿时发出哼哼唧唧当成美妙的乐曲，以此造成人鼠不分的局面，却还自以为手段高明，还站在一旁沾沾自喜，兴高采烈。这样的人，其实是在给这个世界下烂药。其心当诛。

抓心术

六月二十日　他是头天晚上十一点左右洗澡时滑倒摔伤的。他进到诊室后我看他的第一眼，我就大体看出他的右手腕部骨折了。随后的拍片结果证实了我的判断。我告知可以转院和手术，他和陪同者商量过后决定就在本地住院，因为有我们在。我备好了夹板准备复位时已是十一点多，一问才知他竟还没吃早饭。为避免空腹复位可能发生的意外，我只好告诉他先吃饭，之后再进行复位，我也正好乘机去食堂填补早已咕咕叫的胃腔。我刚打好饭，他的陪同者便跑来了，说，他还是决定出去，要我帮忙联系一下，意思就是放弃继续在这里治疗他的腕部骨折了。从他进到我的门诊诊室，直唤我李医生，到后来我给他讲起治疗方案，我就知道他们都晓得我来自哪里。在我们来这里之前，很多像他一样的高原人一旦发现骨伤，就都翻山越岭去到我来的地方，其中有不少就是我医治的。现在我们来到这里，他们这才决定在这里住院。却没想到这决定只是暂时的，他最终还是决定出去，到我来的地方去。我只好又一次拨通了我的两位同事的电话，一位是门急诊负责人，一位是他的腕部骨折所在住院病区负责人，他一赶到，就可以快速而顺畅地住进病房，从而及时治疗他断掉的腕骨。

在高原，这样的情形已不是我第一次遇到。我知道这其中肯定是哪里出了问题，而且与我有关，但我一时还真弄不清楚这问题到底出在哪里。

雪夜杂思之六

人心真是个奇怪的东西。单个的时候，能装下整个世界，包括永不可及的梦想。一旦你试图把若干颗心捏合在一起时，它们之间可能甚至连一根头发丝也容不下，仿佛它们在那一刻都变成了物理学上的同性电极，看起来都排列在一起了，却很难真正融合成一个整体。他们之间总是互相排斥，又都在不断按照自己的轨迹，寻觅可以吸引住他们的东西。

医患关系可能是个特例。通常情况下，医者会忽略掉患者的性别，但总是想尽各种办法吸住患者，让自己有病可医，从而在事实层面不负于医者这个称谓。着手的途径无非两个：一方面是竭尽全力治愈患者身体上的病痛，另一方面就是抓住患者们的心，让患者既口服又心服。

换个角度看，医学其实也是一门抓心术。尽管已经从医整整三十个年头，我依然感觉自己是个门外汉。

在雷声中停顿

雷声之前是雨声。很大，很密集，落在窗外的遮雨棚上，噼噼哒哒地响个不停，像一双顽劣的小手举着筷子在脸盆上不知疲倦地敲击。那时候，我刚刚接到一个骚扰电话，正在进行的午睡因此被迫中断。挂掉电话后我本想再眯一会儿，却怎么也睡不着了。躺在床上，我以为雨会像往日一样，下一阵也就停了，老天却不按人的想法出牌，因为口渴想喝水，于是起床，端起水杯。

这时，突然就响起了雷声。

作家马叙写过一篇题为《在雷声中停顿》的散文，闲谈、走路、思考和电话、商店、孩子、猫、老鼠、蟑螂等其他一些事物，这是他在遥远的浙江看到和认为在雷声中停顿下来的事物。我没向马叙先生求证过他是否来过高原。我想即使他真的来过，他肯定也想象不到，我在这个春天的第一阵雷声中的反应：

突起的轰隆声响起时，我正好端起茶杯，准备喝水。我端着水杯，呆滞了三秒钟，也可能是五秒钟。这也是第一个雷声持续的时间。轰隆声平息之后，我才终于想起自己手中的水杯，慢吞吞地送到嘴边。

像一声炸雷。这是我无数次用到的一个比喻。每次我在键盘上敲出这个词，眼前总是浮现出一个久违的场景：我举着一根带火星的木棍，靠近插在泥地里的鞭炮，侧着身，胆战心惊地将冒着细烟的木棍支向鞭炮上的引线。还没凑近，颤抖的小手便触电般地缩了回来。紧接着是第二次、第三次。离引线一次比一次近，停留的时间一次比一次长，直到引线滋滋地冒起白烟。崩——，我双手掩耳，看见渐渐腾空而起的白烟里四处飞溅的细碎的泥土、细沙，也看见泥地上随即呈现出的那个小小的窟窿。我知道那就是我亲手制造出来的杰作，因此手舞足蹈了好一阵子。

少年的注意力总是无法长久地聚焦于同一样事物。没过多久，我的兴奋就转移到别的我觉得好玩儿的事情上去了。过了若干时日，等我心血来潮似的突然想起来时，我还特地跑去现场看过，泥地里那块小小的窟窿已经不像个窟窿，至少不像刚刚出现时那么显眼，甚至没有泥地里由一双双大大小小的草鞋、水桶鞋、布鞋、胶鞋和偶尔出现的皮鞋踩出的脚印看得真切。

　　因为没有预想，也不是自己亲手点燃的，雷声的突然性，当然比鞭炮炸裂强烈不知多少倍。但在这个春末的雷声过后，当我再次想起年少时的"炸雷"时，泥地里那块小小的窟窿、那些大大小小的脚印，却显得比以往任何时候都要清晰。

　　雷声过后，雨继续下了一阵，等我喝过水，又去到办公室的时候，雨势也就慢慢小了下来，到我下班时便彻底停了。雨后的空气变得异常清新，山野间的杂草树木和路边菜地里的菜蔬似乎更有了生机。植物和菜蔬可能不像人能记住雷声，但对雨水却有着比人灵敏的感知和反应。有了这场雨，它们将会更好地生长。

　　这可能是我能看到和想到的有限几样不会在雷声中停顿的事物了。

同时约请一个藏族汉子和一个彝族汉子

藏族汉子名叫格杰，彝族汉子名叫勒格。他们都是我到高原工作以后才认识的同事。格杰来自康定市甲根坝镇。康定还未改县设市的时候甲根坝还是乡，我医治过若干位来自那里的骨伤病人。勒格来自九龙县湾坝镇。湾坝镇以前也是乡，离雅安市石棉县城仅有五十公里，离九龙县城却有四百多公里，是九龙人口最多的乡镇，我有两位同学是石棉人，很早就从他们口中听说过这个地方，当上医生以后也医治过若干位来自湾坝乡的骨伤病人。到高原工作以后才知道，除了勒格，同事罗中·乌卡也来自湾坝，我的老乡杨世辉也曾经在湾坝乡工作过十多个年头。

格杰和勒格，我花了不少时间才准确地把他们本人和名字对上号。不管是在医院见到，还是在电话里谈事，他们都一开口就叫我李老师。我不是第一次被人这样叫，一直觉得"老师"二字太过神圣和崇高，因而总是觉得像是平白无故地捡了个大便宜似的，心中有愧。但转念一想，就是现在，我也还像他们一样，管一些人叫老师，因为除了这个词，我实在找不到其他更合适的称谓来代替。我想对他们而言，我应该就是这"一些人"范畴内的一个。

我很早就知道，藏语里医生叫门巴。我问过若干个九龙彝族人，知道在他们的话语体系里没有对医生的专门命名，他们和汉人一样把我们叫医生。为此我特地请教了供职于《民族》杂志社的彝族作家英布草心，他说，医生的字面意思是看病的人，翻译成彝语叫呐黑聪。但这是被病痛折磨的彝族人对我们共同的称呼，不在我们彼此之间称呼的适用范围内。

就因为他们是我到了高原才得以认识的"医生"同行，最初想要约请他们的时候是在3月，就是我刚来不久，还不太分得清谁是勒格谁是格杰的时候。我是希望借助于一起聚会的机会，尽快把他们的名字和他们本人分清楚、对上号，以表达一个同行对他们起码的尊敬。我分别和勒格和格杰说过几次话，但每一次想再与另一个联系的时候，总是有这样那样的事情脱不开身，有几次明明都有空儿了，天公又不太作美。那段时间常常下很大的雪，"比以往任何一年都多都大"，同事们这样说过以后，往往会有一句玩笑话作为补充：我们一从多雨的雅安天全来到甘孜九龙，就连天气也改变了。那意思差不多就是说，这是老天爷有意让我们之间的情谊，经受更长久一些时间和风雪的考验。

再次想到约请他们是在"五一"长假前夕。那时候我已经不再勒格、格杰混淆不清，心里越来越感觉到和他们在一起，不论是在工作时间，还是在工作以外的日常接触当中，都有一种入心入肺的愉悦和舒适之感，因此只要看到他们在一起，我就不由自主地会向他们靠拢，加入有他们参与的人堆和话题里。和格杰说我想请他俩坐一坐，他说随时都可以，只要我一声召唤就行。和勒格说起，他甚至没说是否有空，没有任何犹豫就说过完节再约。他知道我们已经在这里待了整整两个月，"五一"假期无论如何是要回去一趟的。

这一晃就拖延到了六月底，眼看着我们离开的日子即将进入倒计时阶段。那天和格杰聊天，忽然听他说准备请年休假，说是要回康定陪妻子和女儿待半个月，等他再回来时我们很可能已经结束在这里的工作离开了。我一听心里就急了，觉得如果再不找机会约请他们，在我们的"传帮带"工作完成之前恐怕就没什么机会了。以后见面的机会肯定是有的，但现在请和将来请，那感觉和分量是绝对不一样的。

赶紧给勒格打电话。勒格曾在佛教圣地色达工作了八个年头，几年前医院成立时调回九龙，在医院做检验科负责人。他住在县城一个我没能记住名字的小区里，我甚至也不知道小区大致的位置，估计不会太近。他有两个孩子，妻子在俄尔乡教书，平时管孩子的事就由勒格来完成。因为工作性质的不同，我大多数时候只有中午在食堂吃饭时才能见到他。我们通过若干次电话，最先一次是他打给我，那是我刚来不久的一个周末，他问我在医院里没有，我说在，他便说他有个亲戚的孩子摔坏了腿，请我看一看。后来他又介绍了几个骨折病人来找我，都是事先打电话预约，也都是他的亲戚。我好奇地问过医院里的其他同事，怎么勒格会有那么多亲戚。回答说：九龙县城也就一万多人，只要稍微下点功夫扯一扯，多半都是拐弯抹角的亲戚。也有一两次，我打电话给他，就某个化验结果与他展开讨论，请教他。这次他以为我又有什么事情。我说没事，就是想约他一起坐坐。他说那好啊，语气里有一股子溢于言表的兴奋。

接着请格杰。格杰是一名藏医学专业毕业的住院医师，我们每周至少有两天在同一间办公室里工作，我们的住处在同一栋楼里，我在顶层，他在一楼。他不是本地人，却有很多本地朋友，妻子在康定一边做生意，一边陪同和照看上中学的女儿，每周总有那么几天看见或者听说他外出和朋友们聚会，日子过得比单身汉还要逍遥自在。最典型的例证是他因为喝酒，竟然忘记了去注册完成自己的执业医师资格，到现在还是执业助理医师。不止一次听到有同事当着他的面调侃，说他是康巴汉子中最帅的一个，他撇嘴一笑，说："帅有啥用？又不能当酒喝，要不那可就安逸了。"他喜欢把年轻漂亮的女士叫花花，他说那是对漂亮女士表达赞美和尊敬。想想倒是挺确切的。当面问他当晚是否有特别的安排，以免撞车。他问我是不是要请他喝酒，我问今晚有空儿没，他毫不犹豫地说了一声好，我就以为他是真没有别的安排了。

事情终于就这么定下了。

聚会地点我是早就考虑过的。尽管来九龙的时间不长，但县城里稍微有点特色的餐馆，我差不多都去过。有时候是格杰没参与，有时候是勒格没在，有时候他们两个都缺席。我大体知道有但不清楚他们具体忌口什么，又觉得这事不太适合直接开口询问。思来想去，最后决定选择了那家新近开张、生意火爆的中餐馆。先打电话预订了一个包间，然后告知格杰和勒格，他们不约而同地只说了两个字：好的。我就知道我做了一个正确的决定，赶紧再次打电话给中餐馆，确定了就餐时间和人数。

通过几次大大小小的集体聚会我大体知道，格杰喜欢喝白酒，勒格喜欢喝啤酒。直接征求格杰的意见，他说不用，顿了一下又说，不喝，说着就呵呵呵笑起来。我也笑了，说不用替我节约的。然后在去聚会地点的路上到团结下街街口，在那家江西人开的超市买了两瓶白酒。不是不想买啤酒，但聚会地点在绵九街，那是一条背街，距离那家江西人开的超市至少一公里远，搬动起来会费不少劲，只好决定直接在餐馆里拿。

格杰赶到时，我点好的菜还没开始上桌，这时候勒格来了电话，说是回去看看小女儿，稍后即刻赶来。只好先抽烟喝茶，说着话继续等勒格和其他几位客人，也等菜。菜开始陆续端上桌的时候，勒格和其他客人全都到齐了。斟上酒，我站起身说了两句简单的开场白："我来这里，认识在座的各位，与各位成为朋友，是一种幸运和缘分；今天请大家一起坐坐，不为别的，就是为了这份难得的缘分，顺便共度这个美好的星期一。"在座的人于是举起酒杯，格杰说了句"扎西德勒"，勒格说了句"兹莫格尼"，我说了句"星期一快乐"，在座的人大概都没想到我会这么说，纷纷应和着"扎西格尼""兹莫德勒"，然后一仰头，将杯中酒一饮而尽。

我当然知道，格杰说的"扎西德勒"和勒格说的"兹莫格尼"就是吉祥如意的意思。到高原工作，和同事们聚过几次之后，我便明白了一些仅仅在酒桌上才有的不成文的规矩：当一个藏族汉子端起酒杯给你说"扎西"或者"德勒"，或者一个彝族汉子端起酒杯给你说"兹莫"或者"格尼"的时候，就表示要敬你一下，酒只需要喝一口；如果是"扎西"和"德勒"或者"兹莫"和"格尼"连在一起说，那就是要满满地敬你一杯了；如果在座的就像今天这样，既有藏族汉子也有彝族汉子，大家一起举杯或者他们之间相互举杯时，说的就是"扎西格尼"或者"兹莫德勒"——两个让人过耳不忘的语言组合体——我分明地感觉到两个崭新的词汇就此诞生。

自我认定的叛逃者

举世闻名的色达距离九龙五百多公里，同事勒格曾在那里工作过若干个年头，我受命到九龙工作的时候，他从色达调回来没几年。

有一天，勒格给我讲起一个他在色达认识的朋友。这位朋友与勒格同时分配到色达工作，只不过，勒格被分配在了海拔近四千米的色达县城，而这位朋友则是一名乡干部，在离色达县城好几十公里、海拔也更高的乡镇工作。因为都是刚刚参加工作的单身汉，老家又都不在色达，同时期分配去色达的一拨人，包括勒格和这位乡干部，没费多少力气便成了朋友。

单身的意思就是有大把时间用来挥霍，喝酒。大约是为了应景（说起这位乡干部的时候我和勒格坐在一起，酒意正酣），勒格在说出"挥霍"之后停顿了一下，才又特地补充和强调了"喝酒"。我们都有过漫长的整天无所事事的单身岁月，所谓挥霍，其中一项必不可少的内容就是喝酒，似乎只有喝酒，才能扑灭体内日渐旺盛的荷尔蒙分泌燃起的熊熊大火，暂时麻痹总是激情澎湃的神经，让脑海中时常冒出的各种非分之想消隐于无形。

但乡干部起初并不喝酒，每次朋友们在一起，他总是很自觉地把自己划入编外服务生的行列，在外面餐馆的时候专门负责点菜、取餐、盛酒、买单；在谁的单身宿舍里的时候则化身为专职厨师和洗碗工，总是在一拨人喝得昏天黑地之后，主动承担起收拾残局的工作，以此应付和躲避每次都会被朋友们重复若干遍的劝诱。

一进入"冬半年"的十月，乡干部工作的乡镇便大雪封山，只留下一个人在乡上值守，其余的人全都撤到县城去办公，一直到次年冰雪消融，"夏半年"即将来临的三四月。乡干部到色达工作的最初几年里，都是其他同事主动承担了值守任务。那一年，乡干部突然觉得自己作为他们中的一员，不值守一次实在与自己年轻人的身份不太相符，让他在内心里实在感觉有些过意不去。看着乡干部既真诚又严肃的神情，领导和同事们只好顺了乡干部的意，答应了他。

那时候，乡干部工作的乡镇还没通网络，唯一的一台黑白电视机也因为低温和大雪对信号传输的影响，经常只有满屏嗞嗞啦啦的雪花影。乡干部一个人待在乡政府，灌入耳中的，除了纷飞的大雪里不时刮起的寒风的呼啸，就是一条小狗的吠叫或者呜呜声，柴火堆里的青冈木柴火毕毕剥剥的爆裂声，吊挂在柴火堆上方的烧水壶里的水加热沸腾最后烧干，然后装上另一壶雪水被重新挂上去，又逐渐加热，然后沸腾……这个过程中逐渐加重的热气冲破烧水壶盖子发出的低微的咣当声和滋滋声，以及偶尔一次的开水被倒入茶水杯里的哗哗声。

没有人知道那几个月乡干部是怎么过来的。据说，最初的日子，乡干部曾若干次静静地站在白茫茫的大雪里，将心里想说的话一遍遍地对着天空和大雪说。后来乡干部发现，没完没了地飘落的雪片实在太多太密集了，根本不知道对哪片雪诉说才好；而且，密如针织的雪片总是只顾着快速地飘落，没有哪怕一片雪理睬他。于是，乡干部便再也不去理睬满世界铺天盖地的雪片，转而关注起了身边不多的几样"有声之物"。

据说，乡干部每天醒来（不一定是早晨）的第一件事就是往柴火堆里续上青冈木柴火，然后重新将烧水壶灌满雪水挂在柴火堆上方，又从墙角抓几个洋芋放进柴火堆下的炭灰里烤。等洋芋烤得差不多熟的时候，乡干部便坐下来，翻来覆去地拍打掉洋芋身上的泥灰，然后开始仔仔细细地剥皮。在此过程中，小狗始终不离不弃地充当着一个绝对称职的陪伴者的角色，乡干部在火堆旁坐下，它便跟着面朝乡干部蹲下去；乡干部开始拍打洋芋的时候，它便呜呜呜地叫；等乡干部把洋芋剥得差不多并送进自己嘴里咬上一口时，它便站起来怯怯地吠叫两声，乡干部于是将洋芋掰下一块，顺手放进了狗嘴里。看着小狗摇着尾巴和狗头，牙关不断开合，乡干部竟然莫名地感觉到一阵眼热。

人和狗都吃饱喝足了，便无所事事。狗无所事事了，可以围在人的脚边，无声无息地跟着人转，高兴了呜呜呜地和人说会儿话；饿了，或者发现有异物异响异动，甚或就是不高兴了，则狂吠上两声了事。而人却会无法控制地去想一些人和事，仿佛往日和那些个大大小小的人物认识，遭遇这样那样的大事小情，都是为了让这样的时刻有所想有所思而准备的。想到高兴的事，便会心一笑，甚或无所顾忌地开怀大笑一阵；伤心了，则懊恼着叹口气，独自黯然下去；有时候真生气了，便冲着屋外的天空和大雪，一遍遍大声叫喊某个人的名字，骂那个人的娘，发誓以后再不和那个回忆中的人来往。有几次，笑过或骂过之后，乡干部的脸上竟莫名其妙地淌满了泪水。这时候，那条小狗似乎也被主人的举止吓坏了，扭着头，大睁着双眼，蜷缩在角落里静静地望着主人兴高采烈或者胡言乱语。

没有人说得清，乡干部具体是哪一天开始喝酒的。按照以往值守过的同事们后来不约而同的说法，在那样的日子里，喝酒几乎是必然且必须要干的事情。因为只要值守的时间稍稍长一点，你就实在找不到其他值得你去干的事情了。据说，有人喝过之后，曾在柴火堆明明灭灭的光焰里看到貌若天仙的美女，于是痴痴地对着光焰说些平日里面对女孩儿时打死也说不出口的话，说着说着就在火堆旁倒头睡下了，醒来时眼前伸手不见五指，柴火堆已在你沉睡着的某个时刻灭掉了，这才晓得自己是在半夜里被冻醒了。因此，在值守时间长些之后慢慢就会形成一个习惯：每次喝酒之前尽可能地往柴火堆上多放些块头大些的青冈木柴火，并且尽量多喝一点酒，那样，就很可能一觉到天明，而不至于在黑漆漆的大半夜被无孔不入的寒气冻醒。

也没有人说得清，乡干部那些日子具体想过些什么、骂过谁的娘，是否也在熊熊的光焰里看到过貌若天仙的美女。一致的说法是，当次年"夏半年"即将来临，同事们回到乡政府见到蓬头垢面的乡干部时，所有人都觉得自己看到的是一个"活野人"。

乡干部的老家也在关内（很明显，这句话勒格是从当下的实际出发说的。所谓关内关外，其实是一个不断变化的概念。最初的"关"，特指通往甘孜高原需要越过的第一座大山——折多山；后来随着交通状况的不断改善，这个"关"开始往西移动，到现在，甘孜人把包括雅江和九龙在内的"康东五县"都当成关内），刚分配到色达工作的那些年也和勒格一样，乡干部一心想要调回关内，回到家人身边。可自打那个春节过后，乡干部就彻底打消了调动工作的念头。调回九龙的这么些年里，勒格每次出差或者因为别的什么事情途经色达，都会约至今仍在色达工作和生活的朋友去看乡干部。

这样也好，勒格说。勒格的意思是，这样一来，乡干部就避免了像他一样，一次次在色达和关内之间往返；就是回到关内以后，也时常以各种方式回去；不是真在重返的路上，就是在脑海里已经置身于外面世界的人们趋之若鹜的那个地方。

可是后来，不知从什么时候起，勒格好多次生出了前往的念头，却没敢动身。有几次本来已经到了色达，也想到和往常一样约上至今仍在色达的朋友去看乡干部，最后却没敢付诸行动。因为勒格发现，之前每一次，当几个朋友相约去找到乡干部的时候，乡干部总是醉醺醺的，要不是还没完全从宿醉中醒来，要不就是刚刚喝过。尽管乡干部已经早就离开了那个他曾独守了几个月的乡镇，也不再只是个普通的乡干部，但自那以后，乡干部就与酒结下了极其紧密的缘分，似乎每天不喝一点，日子就不再像个日子，似乎只有在酒精的浸泡和滋润下，他才能结结实实地感觉到自己还活着。再有几个老朋友在一起，他就更没有理由不喝了。每一次，他总是酒桌上最先醉倒的那个人，让朋友们一个个手足无措却也无可奈何。

乡干部至今没有结婚。勒格说，一想到此，再联想到自己在关内有家有室的生活，他就觉得自己是一个彻头彻尾的叛逃者。他显然忽略了，无论是在色达还是九龙，乃至世界任何一个角落，风雪总是不可或缺的组成部分。大多数时候，它就是自然界必然存在的体现和表达，就像太阳每天必然东升和西沉；也有的时候，它就源自我们身体里某个地方，看不见，却能清楚地感受到，想躲也躲不掉。

界牌

我最先看到的是"查尔新村"。这四个字被写在一块牌子上，朝向公路，立在路边一团杂乱的荒草里，我每次散步或者驾车路过这里，看到这四个字，就知道我即将踏入或者离开查尔新村地界了——它是一块界牌。

牌子旁边是一条通往高处的水泥小路，路的入口被两堵石墙围出巷子的模样。石墙很短，靠近公路的最高处也就一人多高的样子，因为依山而建，往高处不远就草草地收了尾。站在界牌下的路口处，一眼就能看到界牌对面的石墙上整齐码放的青冈（高原人家取暖最常用到的柴火），同时看清通往高处的水泥小路，和路边丛生的杂草树木，从而知道那并不是一条高原随处可见的巷子，而只是一条普通的水泥小路。

后来有一天，我从一位在本地出生、长大，如今已近退休年龄的同事那里得知，这条小路其实就是一条分界线，所以才会有"查尔新村"的牌子立在那里。牌子左边是在呼尔村地界里建起来的呼尔新村（再往左就是县城），右侧矗立着的是

"查尔新村"（再往右就是查尔村）；呷尔村和呷尔新村的村民主要是彝族人，查尔村和查尔新村里的住户多半是藏胞；两个新村的出现，也就是近十多年时间里的事情。我在内地深入过若干个以××新村命名的村庄，像这样仅以一条若有若无的小路为界、安然并立的两个新村，还是头一次见到。再后来的一天，我在本地同事的带领下去呷尔新村进行过一次义诊及送医送药活动。去了才知道，呷尔新村已经只是本地人口头上的称呼，村子里家家户户的门牌和我们为义诊拉起来的横幅上，都显示的是狮子山社区。而在那之前和后来，我还不止一次地到过查尔新村，和呷尔新村一样，也还偶尔听到有人口头上把它们叫作"外来社区"，说的就是它们作为"新村"，是何以出现在这片土地上的。但据我深入实地看到的情形，它们已然没有一点这片土地上的外来者的模样。

这片土地十多年前的样子，我当然只能凭空想象，十多年的时间改变了一切，让那些房屋、房屋间耸立的树、房屋里住着的人，与这片土地悄然而又紧密地融合在了一起，仿佛它（他）们就是从这片土地上长出来的。

倒是"查尔新村"下面的这条水泥小路，一眼就能看出是新近才筑起来的。我站在路口，往它通往的高处望过去，冷不丁想起小时候的课堂里女同桌画在课桌上的"三八线"。它存在是存在的，却没有一丝通常意义的道路的那种粗暴和强横。路边草木茂盛，村庄安静。我想，如果我愿意，只需一抬腿，就可从呷尔新村的某户彝族人家里，跨进查尔新村的某户藏胞家的楼门里去。有若干次，我在穿过查尔新村的路上见到头戴荷叶帽的彝族老妈妈，以为她们就来自路边的某栋楼房里；也有若干次，我穿过呷尔新村去到县城的路上遇见身穿藏袍的汉子，以为他们就是路边哪个种着黑桃树、花椒树的院子的主人。

这是在农历六月。尽管过了一个冬天和春天，呷尔新村一侧的石墙上堆着的那些青冈木，似乎还是我最初看到过的样子，没有多一点也没有少一点。"查尔新村"四周的草木明显地繁茂了，感觉好像是一夜之间就隐藏在了一片绿油油的枝叶间。昨夜下过一场雨，路面湿漉漉的，那些遮挡在"查尔新村"四周的杂草树木的枝叶，看起来比任何时候都有生机。

我当然知道，在只有冬天和疑似冬天的高原，这样的变化，远不是一夜之间就能完成的。

需要说明的是，冬天和疑似冬天是我个人对高原季节的划分，与之对应的是高原人的"冬半年"和"夏半年"。这两个地理学上的名词，被写入了朋友替我觅得的《九龙县志》里，用以按照大致的时间线，对高原气候加以总结性描述。第一次看到时，我就有一种豁然开朗的感觉。有了这个现成的划分法，我所有关于高原的文字，不知省掉了多少繁复而又多余的说明。

当然，这与我见到的那块界牌，已经没多大关系了。

风雨过后的落日

　　那个夏日的傍晚，我们返回医院的时候，刚刚下过一场雨，穿城而过的路面湿漉漉的，医院的院子里也湿漉漉的，东一块西一块地汪着几摊明晃晃的雨后积水。在高原工作的日子，我们若干次利用节假日回家探亲，如果我记得没错，那应该是第一次返回的时候遇上下雨。在我的感觉和印象里，医院院子的地面一直是平平整整的，雨水改变了我的这点并不确切的印象。我从此知道了，雨水竟还可以是试金石和校验剂，不用谁亲手去测量，也无需谁开口说话，只需要来一场不大不小的雨，就可以准确无误地判断出随便哪块院坝平整与否。我们在院坝边停好车，拉着行李经过院子时，只能不断闪转腾挪，以躲过那些亮汪汪的积水。回到住处刚把行李放好，便听见窗外响起密集的滴答声，推开窗，天空灰蒙蒙一片，地上的一切渐渐被又一场突起的雨水和雾气蒙住了。

　　被蒙住的还有八家铺子山顶上空的落日。我最初听见雨声推开窗的时候，落日正挂在八家铺子山顶上空，在雨帘和雾气组成的幕布后面，像隔着厚厚的毛玻璃看一盏微亮的白炽灯，没有了之前和后来我若干次见到的万丈光芒。但是，仅仅几分钟过后，一切就都变了。几分钟之前，我还在猜测这场该死的雨到底什么时候停下来，还沉浸在雨水和雾气遮蔽落日的奇观里。为了不至于让雨水飘进房间，我随手关上了玻璃窗，然后坐在窗前的凳子上，准备在我的笔记本电脑上记下这场雨水；我还没来得及把脑海中一闪而过的念头变成文字在电脑屏幕上敲出来，就发现窗外的雨声渐渐地变小，然后彻底停住了；等我再抬起头来时，就看到了重现在八家铺子山顶上空的浑圆落日。没有了雨水，雾气也散去了，在这个初夏的傍晚，八家铺子山顶上空的落日，终于还是释放出它的万丈光芒。坐在窗前，透过经过若干次风吹雨打、沾满污渍的玻璃窗，望着窗外重新被落日笼罩的金碧辉煌的世界，我惊呆了。

我想，如果不是赶在又一场大雨来临之前回到了住处，我无疑会错过这样的落日。

以此类推，出于同样的原因，我错过了多少高原的日出日落、风霜雨雪？

落日时分的呷尔河

　　另一个夏日的傍晚，站在位于呷尔河东岸的九龙县民族医院住院部四楼，我看到了非同寻常的呷尔河。

　　确切地说，是呷尔河流经甘孜藏族自治州九龙县城的一小段。

　　更确切地说，是呷尔大桥和立壁桥之间，刚刚进行过河道疏通的那一段，目测长度不超过五百米。

　　发端自崇山峻岭之间的呷尔河，全长123.5千米，我看到的只是其中小小的一段，而且还是站在河流东岸半山腰一栋五层楼房（那是我工作的医院）的一间屋子（那是医生办公室）的窗口看到的。

　　办公室狭长，面壁摆了两张电脑桌、两个文件柜子、一张检查床、一盆绿植，再有五六个人同时出现在屋子里的时候，就结结实实地显出屋子的小来。我每周至少有两个早晨，作为第六个或者第七个人出现在医生办公室里，参与同事们例行的交接班工作。到了傍晚时分，医生办公室里通常只有一个值班的同事，那天，我是临时多出来的第二个人。

呷尔河河道宽阔，我在冬天初到这里的时候，河水还只是沿着西岸涌流的一股，东侧的大部分河床裸露着。我后来有好多次散步打西岸的河堤上路过，循着哗哗啦啦的水声望见湍急的河水，关于呷尔河的最初印象于是被彻底颠覆并改变——远远看起来细细的河流，原来是一道深厚的大水。大约半个月前，裸露的河床上突然驶来几台挖掘机，从下方的呷尔大桥下开始，一点点往上，不断将河床上的沙石挖起，倒进一旁排队等候着的大货车车厢中，一车接一车，源源不断地运走，不知道运到哪个繁忙的建筑工地。

我看到的这段河床，上端狭窄，像一个啤酒瓶顶端的窄口，挖掘机自下而上作业到那里之后并没有停下来，而是又自上而下，再自下而上挖掘了至少三遍，一直到裸露的河床上出现几汪浑浊的小湖泊。没多久，小湖泊便连成一体，成了一汪浑浊的大湖泊。凭着河床中央留存的那条高耸的沙石带，宽阔的河床上于是出现一清一浊、一静一动、泾渭分明的奇妙景象。昨天，或者是前天，河床中央那条高耸的沙石带被刨出几个斜着的缺口，柱状的河流于是像一幅卷起的画轴那样，在河床上徐徐展开，西边清澈的河水沿着缺口哗哗啦啦地流进了东侧浑浊的湖泊里，然后继续向着南方哗哗啦啦流去。

这个初夏的傍晚，我站到住院楼第四层的医生办公室的窗口前，一扭头便瞥见疏通一新的呷尔河。即将沉入对面八家铺子山那边的太阳，将阳光打在清澈的河水上，为河面上泛起的水花镀上了一层银色的光辉，一片片水花连在一起，满河滩银光闪闪。

河西岸上耸立着几栋楼房，在落日的照耀下，可以清楚地看见它们和楼前的街灯杆投射在地上的阴影，看上去明显地扭曲变形了，仿佛是在落日的余晖里做着最后的挣扎。一栋六层楼房旁边耸立着"铭宇汽修厂"。按照工作要求，从赶来这里开始工作的第一天起，我每天早晚都必须在指定的手机软件上通过GPS定位和人脸识别系统打卡。记得有几次，我站在此刻站立的楼房里，打卡显示的地点竟然是"铭宇汽修厂"。我很长时间不知道"铭宇汽修厂"的具体位置在哪里，现在知道了，却不免有些隐隐的担心，如果有人仔细追究起来，我该怎样才能解释清楚——这隔着一条河流的误差。

片瓦之下

那是一块我熟悉的屋顶。那个初夏的早上，我从比房屋更高处的文化路上经过，第一次发现屋顶上站着一个男人和一个女人。男人站在瓦背上，身下的瓦片被掀开了一大片，露出几根椽子，其中的一根被揭掉了，露出一个长方形的豁口，男人应该就是从被揭掉椽子的长方形豁口爬到瓦背上去的。透过豁口和椽子间的缝隙，我同时看见了房屋裸露出来的梁木、木楼板、木墙壁，和经年累月累积起来的烟尘。女人站在木楼板上，顶着不断泛起的烟尘，不断从男人手里接过旧的、碎掉或者缺角少边的瓦片，放在楼板一角，又将堆放在楼板另一角的新瓦片举起来，递到男人手里。经过两个人的传递，瓦背上很快堆起了一个淡灰色的瓦片堆。男人开始在瓦背上缓慢、小心翼翼地移动，将新瓦片放到他之前拿掉了旧瓦片的地方，小心翼翼地叠放。旧的瓦片呈青色，新的瓦片是淡淡的灰色。因为每年都在翻盖、检漏雨（后面有解释），有些瓦片还是去年或者前年刚刚换上去的，还没来得及完全转成青色。新瓦和旧瓦相互重叠，青色和灰色相互交织，有浓有淡，深浅不一，整片瓦背因此变得斑驳起来。男人刚刚换上去的新瓦片的淡灰色，仿佛一幅画作上最后时刻才涂抹上去的颜料，起先只是点片状的，到揭掉椽子又重新复原的地方，陡然荡开，铺展成了大片的灰。这当然只是我站在文化路上时心血来潮的一丝联想，与那个男人和那个女人的真实生活并没有多大关系。他们所要做的，只是埋头过好自己的生活，而不会矫情地想到、甚至谈论自己在平常生活中无意间制造出来的所谓美学意境。现在，翻新屋瓦就是他们生活必须的一小部分。盖好了屋瓦，他们就有足够的理由安心地度过即将到来的高原雨季。

我熟悉那屋顶，是因为在此之前我曾若干次从文化路上经过。站在文化路上，一扭头就能看见路边山坡上一棵高高耸立的核桃树，再把头放低一点，就能看见那块静卧在核桃树下的屋顶上盖着的青色瓦片。但那些时候，我只看到屋顶上的瓦片，知道那里耸立着一栋老旧的房子。沿着文化路往前走，不远处就是高楼大厦、灯红酒绿的县城。那是我要去的地方，一个日渐为我们所热衷和向往的新世界，有瓦片之下不太可能见到的新事物和新生活。相较于那里，这栋藏在路边、山脚、核桃树下的瓦屋，显而易见地代表着老旧的过去，是越来越稀少的另一个，几乎可以算作另类、冷清、落后的代名词。

我熟悉那屋顶，更因为它让我想起了老家——在那里，差不多家家户户的房子都顶着同样的屋顶——我熟悉那些瓦片。我在另一栋瓦片之下的房屋里出生、长大，亲眼见证过灰色的瓦片，是如何在长年累月的风吹日晒过后，不知不觉间变成青色的。我的乡亲把盖着瓦片的屋顶叫瓦背，把每年雨季来临之前对瓦背的修补叫检漏雨，还常常借物说人，用"上无片瓦，下无立锥之地"来推理和形容一个或者一户人家的穷困。现在，无论是在我此刻置身的高原，还是我来的地方，已经极少再听到同样的话。不是因为我们真的变得多么富有了，而是我们的生活里，已经越来越少地出现瓦片。吊诡的是，对此，我们不知什么时候学会了讳莫如深、守口如瓶。

石渠消息

　　入夏的高原，除了烈日、大风、暴雨、雷声、闪电和肆意盛开的鲜花，也赐予人们虫草和菌子。虫草生长在海拔4500~5000米左右的大山之上。二〇二二年五月二十八日，七个正在山上采挖虫草的村民，被雷电击中身亡。据说，遇难者来自两个家庭，3名男性、4名女性，年龄大的也才三十多岁，还有一个小孩儿（当时是被母亲背着的）。其中一个家庭，当天有一个大人和一个小孩儿因为有别的事情要忙，没上山挖虫草，从而逃过一劫。也是据说，以往的夏天，雷电击中人的事情也有发生，但造成如此巨大的伤亡，还是第一次。事件发生在石渠县德荣马乡，从地理位置上看，石渠县紧邻青海玉树，是四川省最偏远的县之一，县城海拔四千米以上，而我所在的九龙县，距离石渠县七八百公里，也出产虫草和菌子。事件发生的当天，我便从同事口中听到了这个消息，若干时日过后，我依然一次又一次地听到身边的同事、朋友和来找我看病的人们说起，以致到了今天，每每听到或者看到雷电，哪怕只是写在纸面的汉字，我就恍惚觉得自己还身在高原，日子依然停留在二〇二二年五月二十八日。

雪落下来的声音

记忆像一所带锁的房子，塞满了纷乱的往事和纷纷扬扬的雪。我和老杨对坐着。我们置身的是另一所房子，位于甘孜州九龙县呷尔镇狮子神山半山腰的一栋五层楼房，那是老杨从九龙县湾坝镇中心医院调进县城（所在地为呷尔镇）以后的第二个居所。老杨的第一个居所在我们工作的医院大门旁边，紧挨着食堂的另一栋楼房里，那也是我们初来时的住地，因为新冠疫情防控工作的需要，不久前改建成了临时隔离点，老杨只好和我们一道，搬到了现在这栋楼里。

说是居所，其实与单身宿舍无异。事实上，那也真可以算作老杨的单身宿舍，因为在我们来之前，老杨的妻子就已经调回内地，两个孩子，一个已经大学毕业在成都工作，另一个正在读大学，平常只有老杨一个人在九龙过活。我们来到九龙，和老杨在同一家医院工作，也就成了和老杨同样性质的"单身汉"，我们之间除了同事和老乡，就又多出了一个"同类"关系。没事的时候我就会去老杨的房间里闲坐，因此房间里的陈设，我闭着眼、不用第二只手都数得清：一张床、一张转角沙发、一张带有取暖设备的餐桌、一个放置脸盆和毛巾的木制三脚架、一个烧水壶。因此那天，当我听到老杨又一次在电话里说"将就今天下雪，晚上一起坐坐"时，我二话没说就答应了下来。不得不说，老杨给出的这个理由真是太奇绝了，让我油然想起古人雪夜煮酒的情形。我甚至没想到过要拒绝。

老杨忽地站起身时，我们身前的酒碗已差不多见底了。老杨的身体止不住轻摇了几下，但见他接连皱了几下眉头，像在水下潜行了很长时间的泳者猛然从水面昂起头，挺直了腰身，双眼不断眨巴着，脑壳拨浪鼓似的摆动着。终于站定之后，又若无其事地转身走向房门后的角落里，拿起另一瓶酒。

老杨将酒瓶杵在餐桌上，却没有即刻坐下，而是转过身，打开了房间的门。高原的夜风呼啦一下灌进来，像一架功率巨大的抽吸机，房间里从傍晚开始一点点聚集起来的热气，轰隆一下便被抽吸得一干二净。我坐在转角的沙发里，接连打了几个冷战，本已深重的酒意瞬间清醒了大半。

我知道老杨是要去走廊上的卫生间，我本来也有一点想要小解的意思，但被高原透骨的夜风一吹，身体里隐约的便意顿时被寒意给取代了。于是拢了拢衣服，安坐在沙发里等。

我是在等老杨尽快从卫生间回来，好让我继续聆听他已然开始的讲述。在此之前，我就断续从同事们口中听到过老杨的故事，及至老杨起身拿酒之前，终于听他亲口给我说起。老杨还特别说起他的小时候。那是开天辟地的第一次。

来高原工作之前我就和老杨见过一面，知道我们是同一个市的老乡，并一直对他从靠近市区的那个乡镇来甘孜州九龙县工作，并且一干就是三十多年的经历心存好奇。像一个口渴多时的人终于饮上了救命的水，却只品咂了一小口，那水流便被迫暂时中断了，只好眼巴巴地渴望着。

我觉得现在很可能就是续上的时候。

那天不是我第一次和李存刚喝酒。几个月前，他以医疗援助的名义来九龙工作以后，我们隔三差五就会聚一次。我们是同一个市的老乡，他在另一个县里那家以骨伤科闻名于世的中医院工作，他是一名骨伤科医生。

那天下了很大的雪。高原下雪不是稀奇事，但不知怎的，那天我莫名其妙地特别想喝酒，尤其想与我的这位老乡一起喝。李存刚似乎也很想喝，接到我的电话，他没有丝毫犹豫就答应了。早前我就知道他还是个小有名气的作家，也许是高原的风雪让他想到些什么了吧。

在李存刚之前和之后，还有更多的人以同样的名义前来这里短暂工作，从此便成了朋友，一直保持着断断续续的联系。但没有谁像李存刚那样，让我有一种特别的亲切感。他的年龄和我弟弟差不多大，在我心里，我把他当作我的另一个弟弟，我们异父异母，亲同手足。没错，我说的就是亲。亲切的亲，亲密的亲。

这样的场合，酒当然是免不了的。一边喝着，一边聊天。我和李存刚都不约而同地聊起小时候，后来，我竟然不知不觉就给他说到那段极其不堪的往事。

对一个乡下孩子来说，我说起的小时候其实已经不算小，十六岁，对应的具体年份是一九八四年。这一年的一月，中共中央发出通知，提出延长土地承包期一般应在15年以上；四月，中国首次发射一颗试验通信卫星"东方红2号"；七月，中国第一家股份制企业在北京成立；十一月，中国首次赴南极洲考察船队启航……这些外面世界发生的大事，我是若干年以后才慢慢地与一九八四年、与自己的人生联系在一起，并由此准确地划出自己十六岁的人生坐标的。其背景就是一九八四年——逐渐延伸的时间轴上这个醒目的交叉点，就是土地承包期延长、东方红2号、股份制企业、南极考察船。

就是在这一年，我初中毕业了。昔日一起疯玩的几个伙伴，要么在父母的央求或者"威逼利诱"下收了心，老老实实地回到学校的课桌前埋头读书，要么果真变成了游手好闲、不务正业的"混子"，继续东游西逛，似乎只有我无所事事，不知所往。某天早上，当我从睡梦中醒来时，猛然感觉脑门被什么东西狠狠地敲击了一下，像冷不丁挨了一记不轻不重的闷棍，清晰的痛楚过后，就有一个念头浮现在脑际，仿如一个被困于写作中的人意外获得了全新的灵感，瞬间脑洞大开。

我明白自己是到了必须干点正事，绝不能再像往日那样瞎混度日的时候了。可至于什么样的事才是正事，具体该干什么，却是一头雾水，理不出任何头绪。

于是，我有生以来第一次郑重其事地跑到父亲面前，征询父亲的意见。这当然出乎父亲的意料，但父亲却一如既往地显出事不关己的样子，对于我的郑重其事，父亲似乎早就有所预料，却又有些不敢相信。良久，父亲才若无其事地反问了一句："想不想学医哇？"父亲故意表现出

来的轻描淡写，让我十分顺利地陷入了他早就设计好的
"陷阱"里，里面装着他私下里无数次描绘过的关于我的
人生之路的走向和未来。

　　就像一个饥肠辘辘的人终于获得了期盼已久的食物，
这份可以想见的愿景，正是我那时候所急需的。过去的岁
月里，我只顾着和伙伴们毫无顾忌地疯玩，从没想过自己
的未来，更没想到父亲早已暗暗设计好了这么一个"陷
阱"，就等着我有一天自个儿站出来往里钻呢。在这样的
时刻，面对这样的"陷阱"，我只感觉自己就是一只迷途
的羔羊终于找到了回家的路，眼前一下子豁然开朗。

　　学医？

　　那就学吧。

望着老杨跨出房门时再次摇晃起来的背影，我的思绪出
现了少有的渺远。

　　起身拿酒之前，老杨给我说到了四大中医古籍和汤头歌
诀。这是如今已经越来越少被人提及的事物。那一刻，我脑海
中浮现出的就是老杨说到的他跟着父亲学习把脉，背诵中医
汤头歌诀的情景。

老杨说父亲要求他每天不背诵到十点不准上床睡觉，可老杨总是念着背着便"上眼皮搭下眼皮"，没多久便靠在桌沿上打起了鼾声，然后在额头上突起的尖锐疼痛和父亲的呵斥声里惊醒，眨巴几下双眼，接着继续摇头晃脑地背诵下去。

老杨说着便微闭了双眼，在我对面晃动起那颗头发已见花白的脑袋：

麻黄汤中臣桂枝，

杏仁甘草四般施，

发汗解表宣肺气，

伤寒表实无汗宜。

这是麻黄汤歌诀。此方由麻黄、桂枝、杏仁、甘草组成，是主治外感风寒表实证的代表方。药味虽少，但发汗力强，不可过服，否则，汗出过多必伤人正气。

桑菊饮中桔梗翘，

杏仁甘草薄荷绕，

芦根为引轻清剂，

热盛阳明入母膏。

这是桑菊饮歌诀。此方由桑叶、菊花、杏仁、连翘、薄荷、苦桔梗、甘草、苇根组成，主治风热初起。若为风寒感冒，则不宜使用。

四物地芍与归芎，

血家百病此方通，

补血调血理冲任，

加减运用在其中。

这是四物汤歌诀。此方是中医补血、养血的经典方药，被称为妇科圣方。由当归、川芎、芍药、熟地黄四味药各等分组成。

大约是因为知道我在学校学的西医，对中医中药，尤其是林林总总的中药汤头了解十分有限，每背诵完一首歌诀，老杨就会对汤头的名称、功用和方药的组成做一些简要的解释和说明。有时候背诵得兴起，忘记了解释，经我一提醒，老杨便又赶紧脱口而出补上。

在我的想象里，这样的场景，还应该有摇曳的烛光和对襟长衫，老杨父亲的脸颊上最好留着长长的花白的胡须。

我问老杨："你读古籍、背诵汤头歌诀时眼前是不是亮着烛光？"

老杨一笑："蜡烛以前家里是经常用的。但那时家里已经装上了电灯，安的是十五瓦的白炽灯，亮度和烛光倒是差不多。"

我又问："你和父亲是否穿着长衫？"

老杨又是一笑："还真是呢，他还真留着长长的胡须，穿着长衫的。"

顿了一下，老杨接着说道："有时候，他还会背着双手，围着书桌无声地踱步，昏暗的灯光将他的影子打在墙上和地上，影影绰绰的。"

我注意到，说起自己的父亲，老杨用的是"他"，仿佛正说起的是一个我们碰巧都认识的熟人。老杨留着浓黑的八字胡，每说完一句话，便无声地微笑着，伸出拇指和食指，从上颌的中间部开始，接连朝两侧梳理了几下，看起来似乎有一点不好意思，或者是想以此掩饰什么。

我能够清楚地感觉到，李存刚对我来高原工作的经历很是好奇。事实上就是我自己，在真正付诸行动之前也从未想到过，甚至也是不敢想象的。

那时候，我的人生坐标上的时间轴，已经延伸到二十世纪九十年代。我二十多岁，已经谈起了对象，甚至都到了谈婚论嫁的地步。但也就仅仅限于"谈"和"论"，真要说到婚嫁，我就觉得缺乏底气，不配。

我的未婚妻是正儿八经的三年护理专业的毕业生，这一年与她一起毕业的医学生有很多，但都早早地拿到了有关部门下发的"派遣证"，只等时间一到就赶去相应单位（医院）报到上班。唯独我未婚妻一直没接到任何消息。焦急的等待中，竟听到有人有意无意间放出来话说，只要她不和我"耍朋友"，就立即给安排工作，市里的任何一家医院，由她选。

消息传到未婚妻及其家人的耳朵里，也传到了我耳朵里。未来的岳母大人倒是深明大义，说："婚姻大事又不是儿戏，我女儿跟哪个'耍朋友'，岂能跟什么东西一样，可以拿来交换？"未来的岳父大人也觉得这事有值得说道的地方：自己的女儿是通过国家正规升学考试，不说万里挑一，也是百里挑一才读上中专学校的，有关部门没理由不给分配工作。

消息同时说，是分管毕业生工作分配的那位领导的儿子看上了我的未婚妻。麻烦的是，那位领导竟然是从我老家走出去的，理起来还和我父亲是拐弯抹角的亲戚。而我的那位传说中的"情敌"，曾是我和未婚妻的小伙伴，因为有个在城里做官的好爹，我们的伙伴关系没维持多久就随着他搬进城里结束了，此后再未谋过面。没想到他会在未婚妻毕业的时候，以工作安排为武器，借助好爹的官位，蛮横地表达他的爱慕之情。

我和未来的岳父大人几次进城，找到那位分管毕业分配工作的领导。他承认和我父亲的亲戚关系，却只字没提自己的儿子，只就事论事地要我们"回去等着"。言外之意似乎就是，如果未婚妻真要和我"耍朋友"，那就永远等下去吧。

未婚妻于是从这一年7月等到9月，与她一起毕业的医学生都纷纷到岗工作，成了"国家工作人员"了，她还没接到任何通知。

我想应该是我害了未婚妻。确切地说，应该是我的父亲害了未婚妻。

我的父亲是个老中医，行医多年，在我们当地算得上远近闻名。乡亲们有病有痛了，首先想到的就是去我们家诊所，杨医生（当然指的是我父亲，那时候我还不过是个学徒）治不了的，才考虑转去市里、省里的大医院。因此我们家的诊所总是门庭若市，而乡里的卫生院、镇上中心卫生院总是门可罗雀。

我父亲起先也在乡卫生院工作。乡卫生院、镇中心卫生院的负责人把一切看在眼里记在心中，并向有关部门建议，把我父亲弄回卫生院，这样，乡卫生院或者镇中心卫生院也就可能起死回生，而不至于倒死不活的。

有关部门觉得，这还真是个两全其美的好办法。既解决了卫生院如何生存、乃至生存得更好的问题，又可以让我父亲掌握的中医中药技术与卫生院闲置的西医西药人才和技术有机结合，相互补充，更好地为广大老百姓服务。

最后这小半句话是有关部门的有关人士说的。他们和卫生院的人几次三番跑来找我父亲，理由都是"更好地为老百姓服务"，父亲没说他开私人诊所和回到卫生院工作都一样是为老百姓服务，他大概也想不不到这个层面、说不出这样的话来。只是每一次都拒绝得十分坚定。因为在他心里，有关部门的有关人士和卫生院的人无疑是在明目张胆地抢他的饭碗。他和母亲生有六个儿女，一旦重新成为卫生院的一员，就只能按月拿那点有限的工资，一大家子还怎么活？

父亲的质问既真实又真诚，但却只是明面上的，私下的更深层次的原因父亲不便说，也不大可能亲口说出来：据我道听途说的消息，他在外面至少有三个私生子，他开诊所挣来的钱，一多半是右手接过来，左手便递到了那三个私生子的母亲们手里。我想后者应该才是父亲拒绝重回卫生院工作的真实原因。但在面对有关部门的有关人士，尤其是面对自己名正言顺的家人时，他哪有什么理由和勇气说出口？

有关部门的有关人士和卫生院的人都觉得我父亲可能没太听明白他们的话，没太弄明白自己面临的处境。在距今三十年多前的那个夏天，他们举着"更好地为老百姓服务"的大旗，继续苦口婆心、口若悬河地向我父亲讲述起重新回到卫生院的美好前景。他们把卫生院描绘成了一个专门为我父亲敞开的宽广而温暖的怀抱，而我父亲则成了一个在外混得有了出息的游子，现在是到了应该回归也必须回归的时候了。

我父亲于是歇斯底里地火冒三丈起来，嘴里爆着粗口，怒气冲冲地冲有关部门的有关人士和卫生院的人挥起了拳头。

有关部门的有关人士和卫生院的人只好落荒而逃。

我十分清楚，有关部门的有关人士一定程度上代表着什么，或者至少他们自以为有权代表什么，并且已经结结实实地把这种"代表"转化并付诸于行动了。

这是一种相当微妙且奇异的关系，如果要在现实生活中寻找对应的比拟物，从大的方面看，那应该是局部与整体，或者个人与群体的关系；往小的方面讲，那就是鸡蛋与石头，或者胳膊和大腿的关系。我不相信，父亲都活了那么大一把年纪还没弄明白这一点，可我实在不能理解，父亲为什么还硬要去"碰"，硬要那么"扭"？

现在看来，这一切都不过是表象，他必须表现得强硬。有个词叫外强中干，说的就是像我父亲这样内心虚弱和有鬼的人。

但那时我是真的既无奈又无助啊。可我又一时不知道该做些什么，才能打破这种关系，将父亲打捞出当时的困境，从而消除心中愈发深重的无助之感。

偶尔，我也会暗暗祈祷，如果有机会和可能，一定要想方设法远离他。

我为老杨的遭遇，尤其是他未婚妻的事情感到不解和难过。可我实在不知道该怎么安慰他。我想老杨之所以把未婚妻和父亲的事讲给我听，也并不是为了获得我无关痛痒的同情和安慰。他只是要告诉我们一个事实。

但我打心里理解老杨。有时候，有些事情确是我们无法改变的，但我们可以首先改变自己。这不是随遇而安，也不是认命和逃避，而是通过这样的改变，让自己继续保有见证这个世界必定会发生改变的可能，并在其中扮演好自己的角色，为这样的改变贡献一份力量。

幸好手里有酒。我可以不用言不由衷地对老杨说些似是而非的话，只管端起大碗，隔着餐桌和老杨在半空中响亮地碰在一起，然后一饮而尽。

这一点，我知道老杨定然是能够理解的。否则，他就不会在我端起大碗的时候，也端起刚刚盛满的大腕，像两个久别重逢的老友相互拥抱那样，和我碰在一起，然后异口同声地喊了一声：

"干——"

后来我果真就远离了。

就在未婚妻的毕业分配被人用来作为工具，要挟未婚妻的时候，我遇到了一个长期在外做生意的本家长辈。

本家长辈做生意的地点在甘孜州九龙县。

其实不是我遇上，而是本家长辈从甘孜州九龙县回老家探亲时，已受小便的问题和咳嗽折磨了几天，在九龙输过几天液，没见多少好转，回到老家时顺道去找我父亲看病，碰巧我父亲不在。本家长辈知道我跟着父亲学医已经五六个年头，就想借机检验一下我学习的成果。

我也没推辞，在给本家长辈把过脉，看过舌苔，听过肺之后，又问了本家长辈几个关于小便和饮食的问题，然后开出了一剂中药和一支注射针药。这些程序和细节，我之前已经反复做过无数次，不过都是在父亲的监督指导下完成的，现在终于第一次独立完成了。

我还记得我为本家长辈开出的药方是五苓散，注射的针药是柴胡注射液。

五苓散治太阳府，

泽泻白术与二苓，

温阳化气添桂枝，

利便解表治水停。

这是我烂熟于心的五苓散歌诀。我觉得它正好适用于本家长辈的小便不利和咳嗽。而柴胡注射液则是针对发热和头痛的。

我为本家长辈开出了方子，抓好了药。本家长辈微笑着从我手里接过药包，又在我的要求下解开裤腰，让我将柴胡注射液注入了臀部的肌肉里。

过了两天，本家长辈便再次来到我们家诊所。却不仅仅是来复诊的，而是专程去看望我，表扬我的。

"你这手艺，如果到九龙县开家诊所，肯定会赚到钱。"本家长辈对我说。本家长辈那天断断续续和我，也和我父亲说了一大堆家长里短的话，但唯有这一句，让我心头一亮。

那不是我第一次听到来自病人的认可，却是我第一次听人说起甘孜州九龙县。说者无意，听者有心。此前的岁月里，因为未婚妻的事情，我总是感觉有一个巨大而无形的团块郁结在心，越来越重，越来越沉，拖得我都感觉自己快要垮塌掉了。本家长辈的话仿佛我曾用于他身上的那一剂灵丹妙药，另一副五苓散，我服下了，心中那个巨大而无形的团块被击中，随即轰然散去，让身处迷茫之中的我隐约看到了一线起死回生的曙光。

我说的死是真的。那之前一年多，我母亲过世了。自打得知父亲在外沾花惹草的事情之后，母亲就一直郁郁寡欢，家里的太平日子也就差不多终结了。母亲一走，我觉得自己的天突然间就崩塌了。而父亲在母亲过世之后，出人意料地表现出一种前所未有的不思进取。母亲在世的时候，他们隔三差五就吵一架打一仗，母亲一走，父亲忽然之间变了一个人，让人感觉父亲的天空也随即崩塌了，再没心思好好给人看病，曾经门庭若市的杨家诊所，从此渐渐冷清下来，曾经显赫的家道开始中落。

未婚妻却一直对我不离不弃。未婚妻越是这样，越是让我觉得一切都是自己的错，觉得有愧于未婚妻和未来的岳父岳母。那时候我是真真切切地知道，我是必须要做一点男人应该做的事情了，否则，还有什么脸面面对未婚妻，还有什么资本让我们的爱情继续下去？

那段时间，我时常做一个梦，梦见自己坠下了一个悬崖，不断坠落的过程中，猛然瞥见一根从高处垂下来的绳子，我伸出手，好不容易才抓住，最终得以安全着陆。

本家长辈恰逢其时的出现，让梦境变成了现实。我得救了。

我一直把亲人的离世看作是一种教育。有时候感觉像泰山压顶，有时候又木然得像无风的湖面。也许是离世者不同的缘故吧，每一次，总会感觉哪里有一丝丝不同。但痛是确凿无疑的，无奈也是确凿无疑的，一次比一次真切，一次比一次深重。最初的惊恐和哀痛过后，我们渐渐就会明白，终有一天，我们也会变成一份教材，或者成为我称之为死亡教育的教材里的一页，供在世的亲人们一次次翻阅，进而从中或多或少地悟出些什么。

老杨告诉我，送走本家长辈以后，他便暗暗下定决心，并耗费两个月的时间准备好了盘缠，只身来到了本家长辈所在的九龙县城，然后和未婚妻一起通过考试，成了甘孜州九龙县一个普通的乡村医生，顺便让他们坚如磐石的爱情得到了妥善安置。

这便是老杨从母亲那里获得的生死领悟，直接、深刻、动人心魂。我确信那一定是源自他对母亲深切的爱，更是一种反抗与否定：母亲走了，但在老杨心里在说没有；悲伤想要老杨停留在过去，但老杨用行动让自己对母亲的爱意得以延续。

我同时在想，如果一个人的一生可以分出上下两个半场，那一定是因为两个半场之间有一个确切的分界与转折。显而易见，老杨人生中的这个分界和转折，就是来到甘孜州九龙县。

在九龙，我最先被分配到三垭乡，后来调到湾坝镇，再后来调进县城。除了时间上的先后，这里面还隐含着一种递进关系。

三垭是一个彝族自治乡，距离九龙县城五十多公里。以现在的眼光看起来，这个距离实在算不了什么，但在二十世纪九十年代初的那个深秋，通往三垭乡的路还是机耕道，还只修到半途，我和未婚妻搭了便车走完机耕道，便只好改为步行到乡卫生院报到。

因为山高路远，上班后的第一个春节，我和妻（到九龙以后我便和未婚妻成了家）只能在卫生院过。大年三十那天，万家团圆，我和妻默默地准备好年夜饭。正要上桌的时候，家里突然来了一拨人，有一两个乡干部，更多的是本地乡亲，却不是来找我看病的，因为他们手里都大包小包地提着东西，一个个兴高采烈的，一进屋便径直坐上了餐桌。那时候，我和妻还没学会多少彝话，但从来客们满脸的笑意和半生不熟的汉话里，我和妻都知道了，乡干部和乡亲们是来家里与我们一起吃团年饭的。那个特殊的日子，因为乡干部和乡亲们的出现，冷清的新家里一下就热闹了起来，真就有了过年的意思。他们当中的大部分，后来纷纷和我成了朋友。

而湾坝是九龙县人口最多的乡镇。距离九龙县城四百多公里，距离雅安市石棉县城却只有四五十公里，每次下乡到湾坝，通常要在石棉县住一晚，第二天才能抵达。人口多，其辖内的镇中心医院也就成了县卫生系统当然的重点，在那里，除了继续当医生，我还兼着医院负责人的角色。

在九龙工作期间，我治愈过一位来自三垭乡的老人。为了表示对我的感谢，老人的儿子好几次说要请我吃饭，都被我拒绝了。不是我装，也不是担心犯纪律，只是觉得，与同一个对象一起，从医院诊断室径直迈进餐桌相视而坐，推杯换盏，多少有些唐突和滑稽。

另一个傍晚我下了班，刚步出诊断室大门，便被守在办公室外的老杨堵住，然后拉去了离医院不远的一户人家里。老杨告诉我是他的一个老朋友请客，去了我才知道，请老杨和我的竟然就是那位老人的儿子，老杨在三垭工作期间结识的一位彝族汉子，也已经调进县城工作多年。他请不动我，便让老杨出面，并且把请客的地点改到了家里。他知道我和老杨是同事兼老乡，我不会拒绝老杨。

我很早就知道湾坝。到九龙工作与老杨成为同事以后，又若干次听同事们说起老杨在湾坝镇中心医院工作的"丰功伟绩"。听得次数多了，渐渐就对这个地方，也对老杨有了更多的了解。

同事们说起的，通常是老杨作为医生的一面。有回忆，也有调侃；当着老杨的面说，老杨不在的场合也说，但说到的情形却总是惊人的一致，同事们无一例外的嬉戏中无不流露出由衷的钦佩神情。其中说到最多的，是老杨做"接生婆"的壮举，同事们甚至为此列出了实实在在的数据和事例，以证明所言不虚。

他们说，整个湾坝镇街上，四五百户人家，现在在街上跑着的孩子，至少有三百个是老杨接生下来的。

又说，医院里有两个同事的老家在湾坝，有一次他们和老杨一起下乡回到老家，街面上与老杨打招呼要请老杨到家里去做客的人数，比两个土生土长的湾坝同事加起来都要多。

还说，老杨调进县城后，有一年春节前和曹师傅一起开了救护车送医送药到湾坝，拉去的药是很快就送完了，可返程的时候车上依然装得满满当当的，一整车，全是湾坝人送给老杨的山货……

每次说到这里，便会有人在一旁压低了声音，做出很神秘的样子，似是而非地补充：那些请老杨去家里做客的、那些送山货的，多半都是当年的产妇吧。紧接着，还会有人补充：或者是产妇的丈夫。随即就有欢快的笑声从补充者口中传出，像一挂鞭炮上被点燃的引线，引得在场的人无不跟着哈哈大笑起来。

这样的场景和笑声，都是我熟悉的。差不多从我成为一名医生的时候起，我和我的同行们便会在繁重的工作之余，举出一些我们看到、听到，甚至亲历的事，做一点小小的借题发挥，以获取一点意外的乐趣。对于治病救人的严肃和神圣，我们是再清楚不过了，我们也不是不知道尊重他人（尤其是病人）的隐私——除非当事人就是我们自己或者我们当中的某个人，否则我们会竭力把病人的具体信息隐藏起来——我们之所以这样做，无非是想在守住一个医生本分的同时，让自己一直紧绷的神经获得片刻的放松而已。

老杨显然深谙此理，每当同事们当着他的面说起他的"丰功伟绩"，并且哄堂大笑的时候，他总是微笑着，不置可否。

我问老杨，他真的做过"接生婆"吗。

老杨说，不做那咋办啊。

到三垭卫生院工作一段时间以后，我很快感觉到，仅凭自己跟着父亲所学的那点中医药知识，好多问题是我无法解决的，也根本满足不了日常工作所需，于是我给县卫生局的领导打了报告，毅然决然地脱产去学校进行了三年的系统学习，包括内（科）、外（科）、妇（产科）、儿（科）。毕业后回来工作没多久，县卫生局的领导便把我从三垭调到了湾坝。

乡镇卫生院的工作不像外面的大医院分科细致，眉毛胡子一把抓，只要你穿上白大褂，内外妇儿的病人都会来找你。

在湾坝，我还真就接待过不少孕产妇。

有一个产妇后来生下了一个漂亮的女婴，但在我从医院被人拉到产妇家里时，最先看到的是娩出产妇体外的一只脚。足先露，这是一种较少见、也较危险的先露方式，意味着脐带很可能顺着婴儿的脚脱落，母体子宫收缩过程中受到挤压而失去血供，七八分钟内，胎儿就可能窒息。这时候最佳的方式就是实行剖宫产手术，尽快取出胎儿，才能保证母婴安全。我在学校时看老师做过这个手术，后来毕业实习的时候也在带教老师的指导下独立完成过不止一例剖宫产手术。但在那个年代的湾坝镇卫生院，根本就没有手术设备，要手术只能转院，可那时候也不像现在几乎家家都有车，要转院只能用人力抬。更大的问题是距离，从湾坝到最近的可以手术的医院至少也有五十公里，乡间不缺人力，但如果真要抬，产妇和即将出世的婴儿都很可能到不了可以手术的医院。这其中的凶险，我是再清楚不过了，我用最简洁的方式最快的速度告诉了产妇家人。产妇家人几乎没有任何犹豫就下定了决心：不转院了，就请我帮忙。我要做的首先是复位，就是把胎儿先露的那只脚送回母体，找到另一只，然后在子宫内将胎儿复位，最后辅助产妇生产……一个漂亮的女婴，母女平安——成功了。真的是惊心动魄，激动人心啊。

另一个产妇其实已经生下了婴儿，但在产出胎盘的时候，脐带不知怎的就断掉了，胎盘留在了产妇体内。我赶到的时候，产妇已经被疼痛和失血折磨得面色苍白，大汗淋漓。我知道那是休克的前兆，再迟些可能就危险了。我首先做的当然就是防治休克，快速补液，扩充血容量，待产妇渐渐缓过来之后，使用缩宫素，然后剥离滞留在宫腔内的胎盘。一切都很顺利。为了防止感染和其他并发症，那以后，我每天下班后都会被产妇家属接去为产妇输液。可是，仅仅三天以后，家属就没再来了。去过几次产妇家里，我大致能够猜出其中的原因，但我却无能为力。过了几个月，产妇终于自己找到了卫生院，却不是因为自己，而是因为孩子感冒了。产妇的脸色，令人想到一个词：面黄肌瘦。看完孩子的感冒过后，我建议产妇化验一下血，要想办法尽快去，不能再拖了。又过了些时间，我再次遇到产妇时，都有点不敢相信自己的眼睛——在我的反复建议下，产妇到县城输血并进行相关治疗后，脸色红彤彤的，原来是一个十分漂亮的女子。

还有一个产妇，也是胎位不正，是家属开着车将产妇送来医院的。我将我的判断和风险告诉家属，家属毫不犹豫地要求转院。因为担心产妇路上出现意外，家属同时提出了一个要求，要我一起护送产妇到五十公里外的那家县级医院。尽管那天我其实还有其他病人，走不开，但我还是决定亲自护送产妇去了医院。那家是当地著名的有钱人家，很多年前就购置了私家车，也认识县城里的妇产科医生。但我所以护送产妇去医院，不是因为那家人有钱，而是产妇真的需要护送。护送病人的事情，我不是第一次干。作为一名乡村医生，很多时候，这是我唯一能做的事情。我只能尽力做自己能做的。

往事煮酒，双重的醉意，迅猛而又深重。老杨坐在我对面的小凳上渐渐耷下了头，而我则沉浸在老杨讲述的旧事和酒意里，一时缓不过劲来。总之，都一时无话。

过了好大一会儿，老杨突然昂起头来，张着发红的双眼盯着我，左手食指弯曲，搭到拇指的指腹下围成一个圆孔，接着举起右手食指戳进圆孔里，又快速抽出来，如此重复了两三下，然后咬着牙，恶狠狠地对我说：

"就是这个事情害了他！"

我看着老杨，短暂的疑惑过后，很快明白了他说的是什么事情，明白了他那个动作所含指的具体内容。每个男孩都有属于自己的童年密码，一旦破解，那段短促而飞速远去的时光里的种种不堪与美好，便会坦然呈现。酒后的老杨就是这样的破解者，但他破解出来的，是他的、与我极度相像的童年记忆。他用一个无意间的举动，让我和他的童年记忆准确地完成了对接。小时候，我的伙伴们曾经煞有介事地用同样的动作咒骂某个人的娘，却对这个动作的内含缺乏必要的认识。及至成年后才渐渐懂得，那个动作指向的，是一个相当复杂而又意味深长的过程，参与其中的不仅仅是两具活生生的肉体，还代表着两个人之间和谐而美好的欲望和爱，有时候也预示着不堪、肮脏，甚至罪恶。

老杨的语气是不容置疑的，语声却很低，十分接近于两个亲密无间的人之间的耳语，我就只好认为他要表达的是后者了。

老杨说完便捂着胸口，再次垂下了头。我知道老杨不是真的醉了，而是被自己的话带入了某种场景里。仿如枪膛里的一颗子弹，老杨亲手扣动了扳机，子弹射出去的那一刻，他的胸膛也被震到了。再轻巧的射击都会有其后坐力。

尽管知道老杨说的是自己的父亲，但我还是被结结实实地惊住了。想想，一个中年男子猛地里对你谈起自己年事已高的父亲，还特别谈到父亲极其私密的性事，这事无论怎么看，都有点超乎常理了。我当然明白这样的举动无疑是老杨对我无上的信任，同时也从一个侧面说明，老杨的父亲，尤其是父亲为满足自己胯下生出的那点欲望的所作所为，对老杨的伤害是多么深重，以至于时隔多年，依旧让老杨无法释然，耿耿于怀。

我差不多能够理解老杨的耿耿于怀。对老杨而言，曾经的家庭变故无疑是一场更大的风雪，带给老杨的影响也更深远更持久。而且，这场风雪就来自他的身生之父，从发端到现在，整整三十年，一直在老杨的心空里飘着，从未停歇。和未婚妻携手来到高原九龙开启他们全新的生活，老杨心中的另一场风雪已慢慢消融。而由父亲制造的这一场，在此之前的某一个时刻也有了融化的迹象。也就因为此，老杨才有可能将父亲的一件件旧事，向我这个"同类"和盘托出。

我把老杨的这个举动看作是一个标志，一声宣告。从此刻起，那场由父亲亲手掀起的风雪就将从老杨的心空里彻底消融、散去。

在高原和老杨一起工作、生活了这么些日子，我也越来越深刻地体会到，世界、人生，风雨、风雪、风暴……这些耳熟能详的词汇，没来过高原的人也许根本无法理解它们确切的含义，实地来过之后，这些词就实实在在地有了明确的指向，而你呢，似乎也已不再是原来的自己。在高原，所有的事物都将获得新的生长，当你弄懂了这些词汇，感觉到这种生长的时候，你就会恨自己，为什么不早些前来高原，恨自己在过去的日子里，竟为那些失去或者得到曾经那么要死要活，忘乎所以，进而才真正弄明白了，人活于世，哪些东西是重的，哪些东西是轻的，恨不得将已逝的人生重新过上一遍。你知道这断然不可能，你只有现在和越来越短的将来。尽管时光还是如往常一样无声地流逝，看不出有多大差别，可你分明感觉到它们已然不同于过往的任何一个日子。连你自己都不免诧异，你也已经在不知不觉变成一个全新的自己，过上了一种全新的生活。

只是，谁也无法说清，一个人一生要遭遇多少场风雪才是尽头。事实是，自从二十二岁那年离开父亲，从老家来到高原，老杨的人生和世界就在高原落地生根了。确切地说，是在甘孜藏族自治州九龙县落地生根了。

换句话说，老杨用三十年的时间，与一场延绵不绝的风雪达成了和解。这个过程看起来是那么曲折漫长，实际上却很可能只是一瞬间的事情。也许就在三十年前，老杨毅然决然地动身前来甘孜州九龙县的那一刻，一切问题就都已经迎刃而解。而在那之前，很多比落雪更重要的事情已经降临到了老杨的生活之中，在那之后，又有更多同样重要的事情接踵降临在老杨的生活里，后来又都一一尘封成了记忆。

今夜，因为我，老杨将记忆的闸门打开，那些往事随即汩汩流淌而出。有好几次，我分明感觉自己化身成了老杨，沿着他的回忆的指引，挨个地把他自少年而青年而中年、从内地到高原经历过的事，统统经历了一遍。我想如果老杨的回忆也是一味药，那么，我们就都是服用者，至于疗效如何，时间一到便会自动显现。

从老杨的房间出来时已是深夜。借着夜色的掩护，从黄昏时分便开始飘落的雪，下得似乎更急更密了。在房间里透出的灯光的映衬下，屋外的夜空呈雾蒙蒙的铅灰色。没有风。我和老杨默默地站在雪地里，不一会儿便站成了两个沉默的大雪人，相视而笑中，我清晰地听见耳畔响起一阵紧似一阵的细碎声响。簌簌簌簌簌簌……我知道，那是雪落下来的声音。

那天晚上的雪大得像筛糠。酒后站在雪地里仰起头，紧闭着双眼，凛冽的寒风吹过，像无数把刀子在脸上刮。

冬半年的高原经常下这样大的夜雪，雪霁之后便会是艳阳高照。那时候，白茫茫的大地像一面无边的大镜子，阳光照下来，满世界金光闪烁。

想起刚刚在酒桌上说过的那些话，讲起的那些日渐遥远的往事，我突然感觉浑身轻松。

母亲去世以后，我们兄弟姐妹六个先后外出工作，不久后父亲也退了休，一个人独自在老家生活。待这场大雪消融之后，我一定要回去看看他。

如果不是我，那么另一个人

也会来到这里，试图理解他的时代。

那些相同的星辰，城市和乡村

将会被另外的眼睛观望。

　　世界和它的劳作将一如既往。

　　这是波兰人切斯瓦夫·米沃什的诗作，他把个人放置到时代背景下去考察，让人禁不住思索个人在时代中所处的位置，及其对时代所具有的意义。我把它抄录下来，借以纪念老杨和那个大雪纷飞的高原之夜。

对牦牛的别样观察

——仿罗伯特·穆齐尔《对羊的别样观察》

关于牦牛的历史：上天让它出生在雪域高原，又特意让人类走近它。上天没有错。上天有自己的法则，犯错的总是人类。

关于牦牛的命名："牦"是一个生僻字的误读，那个读作"雅"的生僻字里有个"毛"字，而正好牦牛的全身长满了长毛，于是以讹传讹，也便有了这个流传至今的称谓。牦牛，英文yak，藏语"雅客"的音译；又叫猪声牛，因其叫声如猪鸣；还叫马尾牛，因其长着马一样的尾巴；西方国家为其取名西藏牛，则是因其主要产于中国青藏高原藏区。

在往返高原的路上：第一次是一头。淡黄色的毛发，身材瘦小，仿如一只壮年的绵羊。孤单的身影像一个走失的孩子，却没有一点走失者的茫然和紧张——它站在马路中央，嘴部不断地在路面上做着啃食的动作，平平整整的马路上不可能长出青草，从而供它摄入口腔，但很明显，它是把柏油马路当成草场的一部分了。后来是三头、四头乃至更多，它们成群结队地出现在马路上。看不出哪一位是家长或者头领，也许它们就是远离父母的兄弟姐妹，或者就是几个情同手足的朋友，一起结伴而行。有静立着的，有慢慢悠悠地踱步的，有调皮地窜来窜去的。看不出它们是要往左还是往右，也没听到猪鸣般的叫声。对我们这些不请自来的客人和停在马路中央的车子，它们选择了熟视无睹。也有另外一种解释：它们那是在列队欢迎我们这些外来者的闯入呢。

在一户高原人家门前：一摊四处流溢的鲜红的血水，一个热气腾腾的大盆子，一个热气腾腾的小盆子，一张叠成一坨的黑褐色的皮毛，一个东一块西一块地浸着鲜血的鼓鼓囊囊的白色大尼龙口袋……一个生动的人类生活现场。血水来自一头刚刚被宰杀的牦牛，小盆子里装着处理完的肚腹内容物，大盆子里装着正在处理的肠管（几个汉子围着盆子忙活），尼龙口袋里装着块状的骨肉，这些都有不言自明的确切去处，唯有叠在墙角的黑褐色皮毛暂时是个例外。

这是个寻常而又不寻常的日子。说寻常，是因为它只是三百六十五个日子中的一个，说不寻常，是因为这户人家的女主人去世了。更不寻常的是去世的女主人才三十多岁，正是有很多事情需要去完成的年纪，不幸的是癌症击中了她。

这是汉子们宰掉的第二头。有个汉子说，还有一头在送来的路上。三头，这是现在明文规定的数目，以前是起码数，只要逝者的家人觉得可以，宰十头八头是常事，听说还有一次宰掉五十头的。汉子的话音刚落，便有一辆厢式小货车飞速驶到。因为小车货厢的托举，这一头显得异常高大，它战战兢兢地站在厢式小货车上，显然不太习惯乘着小货车迅速地转移，它把头长长地耷拉着，像是在聆听某个地方突然发出的什么声音。说不定它也正疑惑：在这个寻常的早晨，被主人赶进车厢，又如此火急火燎地拉到这个陌生之地，到底是要干吗？

我记得当时我已经迈出的脚步迟疑了一下，但只是那么短暂的一瞬过后，就又迈出了第二步，然后毅然离开了现场。我想只要我稍微再等一小会儿，就会看到一头牦牛是如何被人放倒，而后变成一摊血水和一张叠成一坨的黑褐色的皮毛，如何装满两个热气腾腾的盆子和一个白色大尼龙口袋的。

在平原各处：条状、块状、丝状……原味、五香、麻辣……散装、袋装、盒装……都是为了更方便于从高原到平原的转移，让它们更快速而直接地走向更广阔的天地，走近更多的人。通常只有印刷体的名字，偶尔有配上彩图的，尽管彩图制作者已经足够用心、足够细致，仍无法让人把图上的牦牛与实物画上等号。

最有意思的是"灯影"之名。据说是因其薄，薄到在灯光下可透出物像，如同皮影戏，故有此名。据说是由唐代诗人元稹一时兴起所起，并沿用至今。也是据说，当年元稹看到的其实来自黄牛，不知什么时候起，被后世之人推而广之，涵盖到了全牛类。元稹所在的唐朝距今已去一千多年，这是一个比任何一个人、任何一头牦牛活的时日都要久长的时间。就此意义上似乎也可以说，曾经沧海的元稹，无意间让牛类（包括牦牛）获得了另一种形式的永生。

只是，从高原回来以后，我再也不吃牛肉。

关于《对牦牛的别样观察》和罗伯特·穆齐尔：以上这些文字，在形式上，我基本是仿照奥地利作家罗伯特·穆齐尔《对羊的别样观察》一文写就的，这篇文章被收入他举世闻名的《在世遗作》里，被我反复阅读。当然，我写的内容与罗伯特·穆齐尔写的有相当大程度的不同。毕竟，我们分别写到的羊和牛本身就是两种区别很大的物种；而且，罗伯特·穆齐尔写到的是遥远的欧洲大陆奥地利土地上的羊，而我所写的则是我在亚洲内陆，被称为世界屋脊的青藏高原看到的牦牛。不敢妄言这是一个亚洲人在向一个欧洲人致敬，但至少可以说，我是满怀着对牦牛的敬意写下这些文字的，就像罗伯特·穆齐尔怀着对羊的敬意写下《对羊的别样观察》一样。

我记住的一些藏语地名

在高原的日子里，我有幸认识了好几位藏族同事，还为若干位藏族居民看过病。他们叫我"门巴"，管朋友叫"伴儿"，感谢我时对我说"卡错"，把腿脚叫作"工巴"，把手臂叫作"拉巴"，说疼痛叫"拉多"。日子渐渐长些以后，同事们和那些找我看过病的藏民，便纷纷把我这个从内地来的"门巴"当成了他们的"伴儿"，我因此得以从他们那里学习到了更多的藏语。我特地请同事马国芳和杨世辉帮忙，先后如愿觅得了《四川省九龙县地名手册》（四川民族出版社，一九九〇年六月版）和《九龙县志》（四川人民出版社，一九九七年四月版），通过翻阅、对照，记住了如下一些九龙县内的藏语地名：

呷尔（镇、组名）——大坝子

热悟拉空——山里之庙（野人庙）

热枯（组名）——沟里面的铺子

察尔（组名）——泥巴山下的铺子

立乃（组名）——神地

华丘（组名）——大雁背上的铺子

密窝（组名）——山顶上的铺子

溪古（组名）——回水凼边的铺子

咱日（组名）——汉人住的铺子

洛莫（组名）——女水菩萨住的地方

子岗坪（组名）——小山岗上的铺子

乃渠（乡镇、组名）——左手掌

汤古（乡镇名）——草坪上方的铺子

中古（组名）——顺河而下的第一个铺子

布租（组名）——从前有个官员被淹没在这里

核拉（组名）——海子上方的铺子

崩崩冲（组名）——村旁有一座黑教寺庙；黑教铺子

扎施（组名）——岩子顶上的铺子

上伍须（组名）——向阳好耍的地方

下伍须（组名）——向阳好耍的地方

三岩龙（乡名）——五个种庄稼的地方

绒古（组名）——原有八层楼高的碉楼

田根（组名）——松林坪

洼底（组名）——碉房

恩机（组名）——乱石窖

地汪（组名）——地形平而圆

石埂（组名）——阴山草坪

色脚（组名）——野花椒多

柳沟（组名）——獐子出没的地方

三垭宫（组名）——深沟下面的铺子

折地（组名）——地形像岩碉一样

八窝龙（乡名）——矮山产粮区

科帮（组名）——最下面的一个铺子

烂泥巴（组名）——两山中间的铺子

大孔（组名）——关马的沟

若朗（组名）——放牧的地方

孜呷（组名）——山脚下的铺子

斜卡（乡名）——地处九龙县城东方

洛让（组名）——平坝上的山包

木枯（组名）——装银子的包包

雪洼（组名）——平坦好要的地方

麻窝（组名）——被水冲毁后重建的铺子；海子侧面

的铺子

纳布厂（组名）——三岔路口

烟袋（乡名）——阳山

魁多（乡、组名）——发誓的地方

洋房子（组名）——山梁上修的一座铺子

里五（组名）——交叉路口

先林（组名）——草木茂盛

上申古（组名）——出水的地方（铺子居上）

下申古（组名）——出水的地方（铺子居下）

拖尼（组名）——存放奶渣的地方

上扎洼（组名）——岩下面的铺子（铺子居上）

下扎洼（组名）——岩下面的铺子（铺子居下）

甲坝（组名）——山梁上的铺子

么乃（组名）——半山腰的铺子

田根（组名）——松树坪边的铺子

杜公（组名）——沟边上的铺子

西藏沟（组名）——产花椒的沟

林冰铺子（组名）——山梁上的铺子

乌拉溪（乡名）——中华人民共和国成立前官府常在此派

"乌拉"（即差事）

上射呷（组名）——盐石（铺子居上）

下射呷（组名）——盐石（铺子居下）

【注：在九龙县地名办公室编印的那本《四川省九龙县地名手册》里，"射"字其实是左边一个"身"字，右边一个"小"字，我不知道其准确的拼写，只好用"射"来代替。后来请教了一位九龙的朋友，才知真有这个字，读"lang"，大约是弱小的意思。我接着尝试了多种方式，依然没能在键盘上把它敲出来。】

朵洛（乡、组名）——石头多

么儿山（组名）——半山腰

甲垮（组名）——山地宽阔

康家巴什（组名）——康姓人家的草场

瓦姑鲁（组名）——高山上的水井

色洛（组名）——沟连沟

踏卡（乡名）——夹沟沟

杜公铺子（组名）——狭长地带

黑尔巴（组名）——核桃树多

我记住的一些彝语地名

在高原的日子里，我还有幸与几位彝人成了同事，也为若干位彝人诊治过伤病。但我一直不知道彝语里管医生叫什么，我的彝族同事们都十分客气地叫我李老师，而我的病人们则叫我医生。这令我多少有些意外，特地请教了供职于《民族》杂志社的彝族作家英布草心，得到的回答是，彝语里的确没有对医生的直接命名，但按照字面意思，医生就是治病的人，翻译成彝语叫呐黑聪。

同样得益于我的彝族同事和那些找我看过病、约我喝过酒、与我聊过天的彝族人，以及从我的两位同事替我觅得的两本出版于上个世纪的老书《四川省九龙县地名手册》和《九龙县志》，我记住了如下一些彝语地名：

吉恩（组名）——办过纸厂的地方

上尔巴达（组名）——石头多的坡地（铺子居上）

下尔巴达（组名）——石头多的坡地（铺子居下）

上甲乌（组名）——环山（铺子居上）

下甲乌（组名）——环山（铺子居下）

补足（组名）——虫树园子

沙尔（组名）——石头多

俄尔（乡、组名）——瓦房

阿几克底（组名）——老鸹栖身之地

约打（组名）——打猎的地方

色者（组名）——山边边上

杉木坪（组名）——种过麦子的地方

打尔格几（组名）——大路下的铺子

勒石坝呷（组名）——坎下的铺子

石拉脚（组名）——狼耍的坝子

曲窝（组名）——松坡林

拉西木（组名）——茶园地

白

这里所说的白不是指颜色，也不是说人的肤色，而是说一个人的言和行。

这个白，说的是，一个人有一张能言善辩的嘴，再小的事，在其嘴里可以变得比天空还大，反之亦然；再轻的事，经此人一说，便会变得比任何一座山还重，反之亦然；本来是转瞬之间的事，被此人一渲染，就会变成若干个慢镜头一样细节纤毫毕现，反之亦然；但有一点，但凡与自己相关的事，此人从来不说，即便某一天不慎说了，也从来不见也没人能记起此人真干过自己说到的事。不管什么时候，你见到的这个人，永远在嘿嘿、呵呵、哈哈地笑。

高原人形容此类人就用一个字：白。

七十公里

  作为一段路程,"七十公里"的起点是九龙县城所在地呷尔镇,终点是康定地界内、鸡丑山北面一座架在溪水上的小桥——往返于甘孜藏族自治州九龙县与康定市之间,必定要途经的一个地方——但在高原人的话语里,七十公里,大多特指这么一个小桥流水的点。我好几次在从康定南去九龙途经此地时听同行的高原人这么叫这个地方,也好几次从九龙北往康定途经此地时听同行的高原人这么叫这个地方。

  一个表示路程的数字,就这样被叫成了一个地名。

  数字的具体来历,是在鸡丑山公路遂道筑通以前,从九龙县城出发,翻越海拔四千六百多米的姜孜垭口到达小桥的里程。作为康定和九龙的界山,鸡丑山有着四千多米的海拔,公路遂道的筑通,既降低了通行的难度,也让距离明显地缩短——"七十公里"其实已经名不副实。可南来北往的高原人依然管这个地方叫七十公里,好比我们长大成人之后依然被家人声声呼唤的乳名,乍一听见,便会猛一下把你扯回某段遥远而模糊的旧时光里去。

这是一个讲求速度的时代，一切都在提速，凡事都讲究快、再快、更快，但到了高原，任何事物都不得不慢下来，再慢下来。不是行动上的慢，就是口头上的慢，因此也才让人有更多的机会和可能，把听到和看到的，尽可能地想明白。不是你不想快，而是你根本就没法快起来——高原，本就不是一个你想快就能快起来的地方。

问这地名是谁起的？都摇头，笑而不语：不是忘记了，而是根本就不清楚也没听说过，所以说不上来。一条路的延伸或者缩短，在如今的中国大地上也差不多每天都在发生，"七十公里"作为一个地名顺利得以存续，并且顺理成章地成了一个见证，让我这个初来乍到者油然生出一些久违的联想。而我联想得最多、也是我最想知道的，当然就是在鸡丑山公路隧道筑通之前，九龙县城所在地呷尔镇和小桥之间的公路里程还是结结实实的七十公里的时候，留在那些南来北往的旅人心中的，该是怎样一份记忆。可以肯定，这份记忆与大风、冰雪、严寒、阳光、风雨等天气基本成分有关，只是不知，上天开出的这剂方药，还将疗愈多少旅人对高原的相思？

白塔

把这个地方叫作白塔，首先是因为这里的确耸立着一座白色的佛塔，其次是因为这里是道路分岔的地方。道路往左即248国道，通往我要去的九龙县；往右是318国道的延续，去往静卧在逐渐抬高的大地之上的雅江、色达、炉霍等若干个高原县份，以及数不清的山川和海子。

我知道，作为神圣的祈福之所，高原随处可见的佛塔，供奉着舍利、经卷或法物，塔身有白、红、黑、绿四种不同的颜色，白只是其中一种。因此最初听人们说起白塔时，我还以为人们说起的是尚不为我所知的哪个地方，听得次数多了，便慢慢弄明白了，他们所说的是地处康定新都桥地界内这个特定的地点，我每次往返高原必定要途经的这个岔路口。

岔路口边立着一棵树，高，而且大。高是那种站在树下一眼望不到树梢、只能爬到它旁边的五层高楼才能看见，或者站到足够远的地方，以旁边的五层高楼为参照，才能大致估摸出来的高；而大则来自两个方面，一方面是指它拥有的需两个三人才能合抱的粗大树干，另一方面是说它高高的繁茂枝叶，以及它制造出的大片浓阴。

我一直没近距离瞻仰过这里的白色佛塔。每次途经此地时，我最先注意到的，也都是这棵大树。我能想见，那些走318国道西进东出，或者像我一样往返于九龙的人，即便真知道白塔这个地名，绝大多数首先注意到的，也必定是这棵大树和树下大片的浓荫。这棵树，已然就是另一种意义上的高塔，一年四季，在广阔无垠的蓝盈盈的天空下绿着，和那座白色的佛塔一道，耸立在岔路口，一绿一白，将你眼里的景深不断地拉长。它们都是从高原的土地里生长出来的，却没人说得清这棵大树到底在这里立了多久，也没人说得清它与白色的佛塔，哪一个立得更久。但至少可以说，它们都是活在时间里的。

知道白塔这个确切的地名之后，我至少有三次在此停留。其中有两次是在大树旁的路边小食店里用餐。店里用餐的大多是和我们一样的赶路人，走到这里，觉得肚子饿了，就踩下刹车，步入路边任意一家小食店里。我们两次去的不是同一家，老板分别来自成都郊区的两个县，都知道进门用餐的是赶路人，饭菜上得很快，价格公道，味道也还算可口。而进到店里的人呢，好像也都不约而同地选择对菜品和味道的轻视，重点突出了吃，只管像往汽车油箱里罐油一样把东西吃进胃腔，肚皮一装满，便一抹嘴，整一整衣衫，重新登车上路。看上去倒不一定都急吼吼的，但赶路人的疲惫之色，却是明白无误地写在脸上的。

另外的一次是在夏天，一个晴朗的午后。走到此地时，好生看看那棵大树的念头再次涌出，并且变得越来越强烈，于是停了车，顶着高原火辣辣的烈日去到树下，围着树根走了一圈儿。然后站在树荫下，沁人心脾的阴凉里，朦朦胧胧、恍兮惚兮间，似乎突然间明白些了什么。

我不是什么宗教信徒，我来高原所要完成的，是另一种朝圣。在我而言，面对这棵安然生长在路边的大树，和面对任何一座佛塔，乃至面对一座雪山、一块路边的巨石、一条曲折的小巷、一场大雪、一阵狂风、一声牦牛的长嚎、一朵开在路边的小花……都是一样的。就因为它们生在高原，面对它们，我心中总是涌出一种莫名的神圣感。在高原，我无时无刻不在这种神圣感的包裹之中，仿佛一个初生的婴孩躺在一块无形无边的巨大襁褓里。

那一天

我闭目在经殿香雾中

蓦然听见你诵经的真言

那一月

我摇动所有的经筒

不为超度

只为触摸你的指尖

那一年

磕长头匍匐在山路

不为觐见

只为贴着你的温暖

那一世

我转山转水转佛塔

不为修来世

只为途中与你相见

这首情歌据说是仓央嘉措写给高原的，不知什么时候被谱上了曲子，并由另外一位藏族人降央卓玛演唱了出来。歌词一直印在我脑海中，旋律也早就稔熟于心，仿佛只等着这一刻，等我站在大树底下，被高原明媚的阳光唤醒，而后放开喉咙，哼唱而出……后来我在一份资料里看到，这首如今广泛传唱的情歌其实并非仓央嘉措所作。想想，这又有什么关系呢？

在高原，每个人都可能是那个传说中的歌者。

四 故事

一、错过和得到的

一对父子准备赶客车去色达。

他们的家在丹巴，父亲在色达工作，孩子平常跟着父亲在色达过。每逢节假日，父子俩便从色达回到丹巴，和孩子的母亲、弟弟团聚。孩子5岁，弟弟3岁。

车次和时间是早就定好了的。可到了车站，都坐上客车了，孩子却莫名其妙地哭起来，任由父亲怎么哄也哄不住。

不得已，父亲只好把孩子带下车，到车站外的那家商店里，买了孩子之前嚷着要买却一直没买的玩具小车。孩子抱着玩具小车，高兴得手舞足蹈。

父亲见状，赶在客车开动之前，抱着孩子回到了客车上。

一坐上车，孩子便又哭了起来。在一车子乘客的抱怨声里，孩子的父亲使尽了浑身解数，依然没能让孩子的哭声止住。

这是自打孩子跟着父亲去色达以后从来没有过的。父亲搞不明白孩子到底是怎么了。

为了搞清楚孩子怎么了，父亲只好再次下车，改买了下一趟去色达的车票。

让父亲不解的是，一走出客车车厢，孩子便像是换了个人似的，把玩着手里的玩具小车，高兴得一塌糊涂。

更让父亲不解的事，发生在他们本来要乘坐的那趟客车发出一两个小时以后。在去往色达的路上，他们本来要乘坐的那辆车翻下了悬崖，掉入了大渡河，全车的人，无一幸存……

坐在家里的沙发上，望着电视里播放的画面，看着妻子和活蹦乱跳的孩子，父亲忽然间明白了什么，可转瞬，便陷入了更深的迷惑里。

二、三家铺子的前世今生

从呷尔河西岸往南，转过一个弯，便会路过一排气派的楼房，楼房后，沿着八家铺子山脚，挨挨挤挤地耸立着不少房屋。

那就是三家铺子。

很久以前，三家铺子还名副其实地只住着三户人家。三户人家同姓，很可能就是一个家族分出来的，像一根大树上长出的三根枝丫。那一年，三家铺子里最老的长者忽然仙逝了，三家铺子全体成员经过商议，并结合逝者生前的意愿，决定将逝者葬在村寨后的某道山梁上——村人一致认定，那是风水最好的地方。

下葬当天，向来晴朗的天空下起了瓢泼大雨，呼尔河涨起了多年未见的大水。夜里，忽然亮起的一道闪电，将黑漆漆的夜空照得亮如白昼。与之相伴的是一声惊天动地的雷声。所有人都看到了那道闪电，听到了那声惊雷，借着闪电的光亮，三家铺子人注意到，闪电和惊雷声中，长者的坟地里有一股巨大的青烟冒起，随后是一阵稀里哗啦的垮塌声。

三家铺子的所有人都感觉到了不妙，纷纷点着火把冲向坟地，就在此时，刚才还瓢泼似的大雨已经停了。人们来到长者的坟地，发现刚刚垒砌的坟地和长者的墓碑已经垮掉，看上去就像刚刚翻新后准备下种的庄稼地，看不出丝毫坟地的模样。坟前湿漉漉的泥地里，有一道深深的划痕，像有谁刚刚放过原木。人们沿着划痕的方向看过去，在呼尔河暴涨的河水里，长者的棺木正顺着河水缓缓地漂着。人们冲进河里将棺木抬上河岸之后，惊奇地发现，从山梁上的坟地冲进暴涨的呼尔河水，又顺水漂了那么长一段距离之后，棺木依然完整如刚刚入土时的模样。

三家铺子的人们只得连夜请来风水先生，为长者另觅了一块风水宝地。

惊魂未定的人们看着三家铺子后来渐渐兴旺起来的人丁，也就一点点安下心来。只是，每当又有后生成年时，村子里最老的长者就会把多年前那个雷电交加风雨之夜的故事向人讲述一遍，末了，总会语重心长地说上一句话，以示忠告：作为三家铺子人，任何时候，都必须懂得敬天、敬地、敬人。

三、命定的事（一）

这是我听到的一个特别的爱情故事。

男主角是一位跑货车的"老"司机。为了转述的方便，我姑且称之为 A。

称 A "老"，不是说他的年纪真有多大，而是指他的驾龄。从十六岁初中毕业那年学会开车算起，到他成家，整整二十年。

按理说，跑货车的司机辛苦是辛苦，但要积攒点钱、娶个媳妇是不成问题的。但 A 跑了二十年货车，没有一年不出事情的，这就是个问题了。

事情有大有小。A自打跑货车开始，他所跑的车子，即便是新接回来的车，每年都会出现大大小小的故障，少则三五次，多则七八次，甚至更多。后来A也觉出了问题，觉得自己可能不适合开新车，就从一位同行手里接了辆跑得很好的二手车，他一直和那位同行一起往高原拉货，知道同行的车子是哪年接的，也知道同行的车子一直跑得很顺畅，基本没出过故障。可车子一转手到A那里，便似乎换成了另外一辆，接二连三地出些或大或小的故障。

这还是小事。大的事情就是车祸，而且这车祸还不是别的，比如撞到人或者别的车，而是翻车。从开始跑货车到成家，A至少翻过三次车。最严重的一次，是从半山腰的公路翻到大渡河里，好在他在车子掉落的过程中被甩出驾驶室，掉落在山腰的荒坡上，人只是受了些皮外伤，在医院躺了一段时间就慢慢好了，车子却摔成了一堆废铁。另外两次，车子倒是没彻底报废，人也毫发无损，但修车却花掉不少时间和积蓄。

俗话说事不过三。第三次车祸之后，A特地跑去找人算过，算命的人说，如果A能够在三十六岁这年成家，就可免除第四次车祸的发生。A有些不解，他连正经的恋爱都没谈过一次，和谁成家？算命的人说，在西方。算命的人说的西方就是Ａ常年跑货车的高原。Ａ更是有些摸不着头脑了，觉得算命的人简直就是在胡扯。

但算命先生的"胡扯"却真就变成了现实：这一年的秋天，Ａ果真在高原遇见了一个女孩儿。同样是为了转述的方便，我姑且称之为Ｂ。

Ｂ是家里的独生女，母亲早亡，父亲续娶了个比Ｂ大不了多少的女人，我姑且称之为Ｃ。在新建不久的三层小楼里，一家三口过得和和睦睦。

Ａ对Ｂ说：有个算命的人说我会在这里遇见你。我还以为他是骗人的！

Ｂ说：我也不信！

Ａ对Ｂ说：算命的人还说我今年之内必须成家。

Ｂ涨红了脸，有些答非所问：这是哪里的算命先生！

随后，Ａ便作为这个家庭的第四个成员，住进了看起来还崭新如初的三层小楼里。第二年，这个家的成员数便变成了五个——Ａ当上了父亲。

Ａ只学会了开车这门手艺。结婚以后，继续在高原和内地之间跑货车。来来往往之间，还真就如算命的人说的那样，再没有"大事情"发生。

但"小事情"却依然如故。明明在路上跑得好好的车子，不知怎的突然就熄了火。一年下来，A的车子没有七八次，也有三五次进修车铺。这一点，倒是当年算命的人没说过的。

在B的怂恿下，A带着无比的诚心，再次跑去找算命的人。没想到，算命的人已经在春天里去世。A于是在心里有些恨自己：当年为什么就不能在算命先生面前虔诚一些？

一家人都一筹莫展。

后来是C点醒了一家人。C指着B说："是不是因为你没去押车？"一家人这才恍然：自打A和B认识后，B就每次都和A一起出车，一直到后来怀上孩子，当上了母亲。这期间，无论大小，A跑货车还真就一次"事情"也没有发生。

B说："那咋办呢？"意思是自己要奶孩子，要再去陪同A跑货车显然是不可能了。

一家人都沉默了，找不到任何办法。许久之后，C突然说"我去"的时候，一家人都愣住了，你看看我，我看看你，好像有什么话要说，但都没吐出一个字来。

C于是就跟着A去跑货车了。

看起来一切都很如意，自打C跟着跑货车起，A驾驶的车子果真几个月都没出什么问题。每次跑完货车回到家里，一家人都兴高采烈，都觉得C当初的提议和决定是多么正确，既及时又英明。

意外发生在一天黄昏。那是几个月以来的第一次。几个月来一直好好的车子，突然毫无征兆地熄了火，怎么也无法再发动。A只好搬了工具，走出驾驶室去试着修理，C也跟着走出驾驶室，看能不能帮上什么忙。

夜里的高原，寒风像锋利的冰刀子。A眼看车子很可能一时无法修好，就叫C回到了驾驶室，他自己继续挑灯夜战，其实是不好意思上车。后来，A还是回到了驾驶室里，是C叫他上去的。C知道外面冷，但C更怕驾驶室外的风声，鬼哭狼嚎的，比她看过的电影、电视剧里的恐怖情节还叫人害怕。尽管有辈分上的差异，但A只比C小两岁，其实是同龄人。

第二天一早，A醒来时，发现C躺在他的怀里，双手死死地扣着他，他的一只手紧紧地搂着她的腰身，另一只手不知什么时候伸进了她敞开的上衣里，握着她饱满的乳房。

不久之后，这家的四个大人便一同走进了民政局婚姻登记处。出来的时候，这一家人便变成了两家。A和C的手里，分别拿着两个小本子。

A继续在高原和内地之间跑车拉货，C继续跟着A跑。因为大多数时间在路上跑，人们的议论声因此无法传到他们的耳朵里，他们就都当作没有听见。

　　三年以后，A又一次当上了爸爸，于是只好继续一个人跑车了。说来也是奇怪，A的车子从此再没出过什么事情。

　　有时候，A跑完车回家的路上，有相熟的人会和他开玩笑："你的两个娃，他们之间是咋称呼的？"最初听到这样的问话，A心头还有些反感，想要骂那个人的娘，后来也就渐渐地适应了。再听到有人问时，他会嘿嘿笑着说："都是我的娃噻！"问的人和答的人于是都哈哈大笑起来。

　　A笑着回家的样子，像一个从战场上凯旋的将军。

四、命定的事（二）

　　这是我听到的另一个特别的爱情故事。

　　男主角是一位未婚男子，为了转述的方便，我姑且称之为A。女主角是一位已婚女人，同样为了转述的方便，我姑且称之为B。

　　A和B同在一个村子里长大，一起从小学上到初中以后，

B便辍学回村务农。A继续读书，高中过后是大学，毕业后回乡当上了一名小学老师。在A还在大学念书的时候，B嫁给了他们都认识的一个同村男子，他们一起长大的"伴儿"。尽管这个故事的后续部分，乃至到最后结局的过程中，几乎没有他什么事儿，但他毫无疑问是其中不可或缺的当事人和相关方，所以我姑且称之为C，以此为他在故事中的缺席和隐身验明正身。

故事开始于某个夏天里的一场"耍坝子"活动。A是活动的组织者，B是受邀的参与者，另外的几个参与者也都是他们从小学到初中的"伴儿"。C长期在外地工作，当然地与之前和后来的若干次其他活动一样，缺席了这次"耍坝子"。就因为C的缺席，A一直对B特别关心和关注，但很长一段时间里，他只是把一切都看在眼里、记在心中，一直想对B说却从没说出口。

但酒后就不一样了。喝酒、唱歌、跳舞是"耍坝子"必有的节目，那天A喝了不少酒，B是他邀请的唯一舞伴。但除了跳舞，A依然什么也没对B说，只是紧紧地握着B的手，目不转睛地盯着她，不停地踢腿、旋转、摇摆。B当然注意到了A的眼神，其实是从A大学毕业回到家乡当上老师却一直不结婚就注意到了，但她又有些不确定，也不敢确定。她心里清楚：就算真的确定了又能怎么样呢？所以，当那天的"耍坝子"活动临近尾声，当A满嘴酒气，突然俯在B耳边声音颤抖着说喜欢她的时候，B心里擂鼓一般轰隆隆地响了起来，一直被A握着的手猛地一抽，想要抽离A的手心，却被A更紧地握住了。

当天晚上，A把B送到家门口，眼睁睁看着B跨进家门。A又一次没能控制住自己的双足和双手，向着B即将消失的背影，快速地冲上前，紧紧地将B搂在了怀里。

B家的屋后紧挨着一块土石坎。那夜以后，A隔三岔五趁着夜色爬上土石坎，翻进B的房间里。

沉迷于甜蜜的时光中，A和B都有些忘乎所以，A忘了B已经结婚，B忘了自己有家人，有C。终于，他们的事还是被B的哥哥发现了。但B的哥哥没有声张：这样的事似乎也不好声张。

B的哥哥随后是这样处理的：拿了一根木棒，找个理由躲进了B的房间里。又一天深夜，当A爬上B家屋后的土石坎，并且顺利地推开若干次推过的那扇窗，正准备和以前一样翻身进屋的时候，忽然就感觉一块硬物在头顶接连敲击了几下。因为毫无准备，猝不及防，也因为头顶突发的剧烈疼痛，

A抓着窗户的手不由得松开，扑通一声，像是一块巨石被丢进平静的水面，从若干次攀爬过的那扇窗户上摔了下来。剧烈的疼痛里，A双手捂着头顶，刚想叫，却见若干次攀爬过的那扇窗户里倏地亮起了灯，因为身在暗处，A清楚地看见B的哥哥嘴里叼着烟，手里握着一根木棒，在A自己若干次攀爬过的那扇窗户后面，若无其事地晃动了几下，然后伸出手，关上了窗户，接着"啪"一下关上了灯。A于是重又置身在了漆黑的夜色之中。

从那以后，A便悄无声息地从村子里消失了。据说是去了西藏，住进了一所寺庙。B依然住在村子里，看上去好像什么都不曾发生。好像也没多少人知道，A和B之间曾经有这么一段故事发生。

我是在和同事散步途中，听同事讲起这个故事的。同事讲完，随口为故事给出了四个字的定性：命定的事。当时，我们正在一个村子里穿行，路一侧的土石坎旁，正好立着一栋楼房，站在路上，抬头就望见一扇紧闭的玻璃窗户，踩上一个小凳或者木梯，就能触及窗框，稍稍使一点劲，或者攀上木梯，就能让自己置身于玻璃窗户后面的屋子里。

我问同事，这个故事是不是就发生在我们正途经的村子的这栋房子里。我高度怀疑，就是我们途经的地方让同事触景生情地想起来这个故事的。同事默然，笑而不语。但从他的笑容里，我依稀觉得这里很可能就是故事的发生地。随后想了想，似乎又不是。

离绪

时间的流逝迅捷而寂然得让人甚至连抓狂都来不及。二〇二二年七月三日早上八点，离上班时间还有半个小时，医院的院子里空无一人。头天晚上一起聚会的同事大都还在赶来医院的路上，住在医院里的三个，老杨出差去了外地，格杰昨晚喝多了估计此刻还在宿醉之中；小冉倒是若干次说要送我们，但昨天晚饭时突然说她害怕告别，害怕自己哭。他们都恰到好处地没在医院的院子里出现，就是不知道什么时候就会呼呼刮起的长风，此刻也暂时歇息了，让想象中可能出现若干种情形的告别，简化成了一次再普通不过的离开。

我拉着行李箱乘坐电梯从五楼下到一楼，步出工作和生活了几个月的楼宇，踏入空无一人的院子时，首先迎面撞上的是院子里那两排绿树。最靠外的一排是杜松，紧挨着靠里一点的是樱花，低处是刚刚开过花的芍药和一些我叫不上名字的花草。我来的时候正值高原"冬半年"的中期，那时候杜松的针叶就是绿色的，现在已是"夏半年"的中期，满树的绿意当然更浓了。樱花树春天里曾挂满了粉红的花瓣，花瓣退场过后树枝上便长满了嫩芽，然后一点点展开，到现在已是蓬勃如盖，日渐拥挤的叶片无声地宣告着良好的长势。低处的芍药和那些我叫不上名字的花草，枝头上的花朵大部分已经凋落，另有一些正在开着，还有一些尚在孕育之中。有风的时候，我曾若干次站在院子里，望着那些在风中扬起的樱花树叶，感觉就像是无数双大手在朝你挥舞、欢呼。此刻，高原早晨炽热的阳光下，风还在沉睡，那些杜松和樱花树便都默立着，纷纷把自己站成了静物；倒是打在地上的影子，在一点点无声地生长。

站在院子里，我一时有些精神恍惚。

我想起一月四日，我们初来时的那个夜晚，天空飘着鹅毛大雪，医院的院子里到处铺满了厚厚的积雪，雪花飘落在雪地上，也飘落在我们头顶和身上。我们当时都裹着厚厚的羽绒服，从车上下来的第一件事，便是捧着双手不断哈气，哆嗦着和门诊大楼门口的医院门牌站在一起拍照，先是一人一张，然后是三个人的合影，拍完后第一时间发回我们来的地方。我们有天底下所有的游客都会有的到此一游的兴奋，但更多的是以此证明我们确实按时按计划抵达了。人总是不太相信眼睛未见的东西，而且易于健忘，因此需要做一两件形式上的事情、拿出一两件实物作为证据，也顺道用以对抗易碎的记忆。这是个信奉"耳听为虚，眼见为实"的时代，势必"有图有真相"。殊不知，真相永远存在于时间之中，除非时间也和相机一样有个快门，轻轻一摁，就"咔嚓"一下定格下来，否则，我们所谓的真相就将随着时间的水流越漂越远，越来越模糊，任何时候揭开所谓"真相"，看到的都不过是被时间淘洗过后的碎影或者面目可疑的局部。

杜松和樱花树之间摆了一张灰白色的大理石桌子，桌子四周放着同样色泽的石凳。天气晴好的日子，我有几次看见一两个病人在家属的陪同下走出病房坐在石凳上晒太阳。大约是身体里的病痛让他们在病房里待得太久了，一时还不太适应被阳光照耀，他们一个个都背对着阳光，面朝同一个方向坐在石凳上，正方形的石桌成了可有可无的摆设。后来我注意到，在进出县城的路边墙根下晒太阳的老人，在路边庄稼地里低头干活儿的农人，竟然也采用了同样的姿势。我起初还有些不解。可等我也站在阳光下，面对阳光站了不大一会儿，我就大致明白是怎么一回事了——刺眼的阳光让我不得不闭上双眼，就是走路也已成了不可能，要想再干点儿别的什么事情就更无可能了，脸上很快就火辣辣的疼，像是刚刚被人狠狠地扇过几个耳光，于是不得不转过身，跑到最近的那棵大树下躲起来。

更多的时候，杜松和樱花树下是空荡荡的，石凳无声地等着有人光临。偶尔会有几根杜松的针叶掉落在灰白色的桌面上，像是哪个懵懂的孩童胡乱涂描在白纸上的铅笔画，毫无章法可循，却也有一种别样的美。但这只是我私底下生出的一点矫情的感叹，在负责清洁工作的大姐那里毫无作用，她随时随地提在手里的扫把似乎就是专门为那些针叶准备的，一旦针叶落下来，被扫走便是迟早的事。再后来的一天，我受邀去县城赴晚宴，回来时夜色已深，院子里亮堂堂的，高远的灰蓝色天空中悬着一轮大圆月，仿佛一颗巨型的白炽灯。明汪汪的光芒下，杜松和樱花树的枝叶打在地上的影子呈现出一种梦幻般的动感，恍若从同一块土窝里横向生长出了另一棵杜松另一棵樱花树。我摇晃着走近，却没想竟然顺利地穿过去，安坐在了石凳上。刚坐下去我便弹跳了起来：高原的夜晚气温骤降，石凳表面的寒凉无异于冰窖，浑身流转的寒意瞬间击溃了朦胧的酒意，只感觉身体的某些部分已经从"我"身上剥离开了，再不属于我。我赶紧瑟缩着身体回到住处，打开空调，钻进被窝，躺了好一会儿，才渐渐感觉剥离而去的那部分身体一点点回到了原位，又重归于"我"。

站在院子里，大约是为了呼应这一刹那的走神让我想到的曾经感觉被剥离的身体，我不由自主地抬起腿，接连跺了几下脚。这个举动的出现既意外又突然，就连我自己也禁不住笑了起来。我笑着迈开步子，走向停在院子另一侧的车子。那辆黑色外壳的小轿车，自打我从4S店将它发动开始，已跟着我星夜兼程了整整十年，南来北往奔波了近十八万公里，包括刚刚过去的日子里我若干次在内地与高原之间的往返，包括即将开始的我在高原的最后行程。十八万是一个不小的数字，但我不想拿它来比拟什么，我只想坦承：没有这辆车子，我基本上不大可能走过这么长的路；有些远途，我很可能连想都懒得去想一下。往后的岁月，这辆车子还将继续陪我走下去，多远多久不知道，似乎这也不是需要我费心思虑的问题。

　　装完行李正要出发时看到了耿师傅。不到一个小时之前，我们刚刚在食堂见过面。耿师傅穿着那件洗得干干净净的旧T恤，经过医院的院子与食堂间的石梯一瘸一拐地进到食堂时，我们正低头啃着王大姐手工制作的馒头。耿师傅笑着和我们打过招呼，等王大姐为他取馒头的间隙，便和王大姐开起了荤素夹杂的玩笑。王大姐也不恼，转而说起耿师傅传说中的女友作为回击。耿师傅闻之，一下子就没了言语，但脸上依旧微笑着，只是嘴角歪斜得更加厉害了。耿师傅笑着伸出手里的筷子，把王大姐放在盘子里的馒头一个个穿起来，高举着走回了医院门卫室。耿师傅今天要的馒头是四个，那是他每天早餐最基本的数目，有时候他会要五个、六个甚至更多，他每次都会把它们穿成串，四个的时候就两根筷子同时插进去，六个或者更多的时候，他就把筷子分开，一根筷子插三个或者四个。

耿师傅的右腿有残疾，走路时微斜着身体，脚底仿佛装了弹簧，一步一跳地向前移动。他身上的那件旧 T 恤明显有些宽大，走起路来时，领口不断地垮向斜着的那侧肩膀，掉落是不会的，但他瘦长且有些歪斜的脖颈因此就更加突出了，似乎总在向前探着，想要看清什么。他把馒头拿回门卫室，并不会一次吃完，而是留一部分作为晚间的口粮。有几个傍晚，我看见他守着红彤彤的火炉，把已经切成片的馒头烤得黄酥酥的，不时放进嘴里咬上一口，然后就有清脆的嘎嘎声从他嘴里传出来。

耿师傅的老家在离县城不远的一个村庄，几年前通过亲戚介绍来到医院做门卫。我好多次听王大姐和其他同事提到耿师傅的女友，每一次，他总是笑呵呵的；对于同事们提出的各种稀奇古怪的问题，他有时候回答一下，有时候只管歪斜着嘴角，一个劲地哈哈大笑，很兴奋也很坦然的样子，给人的感觉好像是真有这么一个人存在。从没人见过那个传说中的女子在医院门卫室出现，但我还是固执地相信，世上肯定会有一个女子出现在耿师傅的生活里，而不是仅仅存在于同事们口中，或者耿师傅心底的某个角落。那时候，耿师傅脸上的笑容一定会更灿烂。

然而今天，看到我们坐上车子驶出医院大门，耿师傅一个人，就那么静立在医院门口，目送着我们离开。我猜他应该知道这很可能是我们最后一次见面，所以他的脸上才出人意料地没了笑意。车子都驶出很远了，我还在后视镜里看到他一动不动地站在那里，好像被什么东西定住了。

涛声在耳

——泸定杂记

降落

从天全方向走318国道去泸定，须得翻越二郎山。这座海拔三千多米的高山，如果真走老川藏公路"翻越"而过，至少得半天、一天，甚至更长时间。好在新千年后从半山腰修通了公路隧道，只需几个小时，就可从山这边的天全去到山那边的泸定。二〇一六年，过境天全的雅叶高速雅康段还未建成通车，我去二郎山另一边的泸定走的是旧公路隧道。

出发的时候下着细细密密的雨，雨水生出浓浓的雾气，满世界迷迷蒙蒙的，像被一张铺天盖地的帷幕罩着，空气里弥漫着丝丝初春的凉意。过境大货车依然很多，经过"4·20"地震灾后重建，这段318国道大部分路段已是平坦的沥青路面，车行在路上，有一种无可比拟的快感。因为重建改造工程尚未完全收尾，少数路段依然是坑坑洼洼的，我们的车子跑一段路便不得不减速，这倒也避免了我们总是高速行驶而可能出现的麻痹。

穿过二郎山隧道，眼前的世界便是另外一番模样：天空湛蓝，阳光灿烂。山两边的植被依然是记忆中的样子：天全一面满眼透绿，山的另一侧，目力所及的山体险峻陡峭是自然的，山色焦黄得恍如山那边的深秋，仿佛刚刚被大火肆虐过，偶尔有一两株绿色植物呼啦一下撞入眼帘，让人惊喜得想要失声尖叫。我曾若干次到过泸定，及至往西更远的涉藏地区，并为此写过一篇《二郎山记》，说的就是多次翻越二郎山的感受，但我总觉得还没有写够，还想找机会再写写它。没想到这个料峭的春日里，我又一次踏上了这条路。

下午四点三十四分，我们终于顺利抵达了此行的目的地泸定县城。我对时间一向缺乏必要的敏感，这个时间，是在手机通话记录里保存下来的。之前的四点二十八分，我接到一则发自泸定县人民医院办公室的短信，告诉我到达后找谁联系，并且发来了联系人的手机号。我翻看完短信，电话尚未拨通，便接到对方打来的电话。那时候，我们的车子已经穿过二郎山公路隧道，正沿着二郎山蜿蜒绵长的山间公路一点点盘旋而下。

通向医院的街道正在重修，县城高处与之相通的道路皆成了"断头路"，满街乱七八糟地堆着各种杂物，从县城高处去到医院，须得绕道城尾，从进出医院的绿色通道才能到达。我们不知道这个情况，我们的车子从高处的道路拐进一条斜坡，还没开到坡底，便不得不踩下刹车。这样的情景是我熟悉的，一山之隔的那边，我来的地方雅安（天全县）更靠近"4·20"地震震中芦山，受灾更甚，很长一段时间里，整个县城差不多变成了一个巨大的建筑工地。街边行人的表情也似曾相识，和我来的地方一样，人们打心底里知道不破不立的道理，未来可盼可期，若干时日以后，现在的脏、乱、差就将被净、齐、新取代。人们小心翼翼地躲避着街中心立着的围栏和街边的乱石水泥堆，在逼仄的小道上闪转腾挪，以免和身边同样小心翼翼地走着的其他行人撞上。

倒是开车送我们来的师傅显出了些许不适，此前他曾在这里工作（与我们同样性质）过两年，他满以为两年的时间足够让他熟悉这个小城，因此主动当起了我们的司机兼向导，一路上不停地给我们讲述他在这里工作期间耳闻目睹的逸闻趣事，没想到刚一进城，这个小城便当头给了他一记棒喝。好在我们及时下了车，改由步行去到医院，否则还真不晓得他会窘成什么样子。

在泸定县人民医院办公室，我不出意料地见到了吴勇。我之前就和吴勇有过一面之缘。二〇一四年十一月二十二日康定地震时，我所在的医疗队受命第一时间赶赴灾区。我们的救护车在夜间翻越二郎山时出了故障，走走停停，勉强行驶到泸定县城便彻底熄了火。我第一时间打电话回去向医院领导汇报了情况，医院领导又打电话到泸定，结果就联系到了吴勇。他二话没说，连夜开着救护车将我们送到了那次地震的震中——康定。那时候，吴勇是泸定县人民医院副院长，分管日常业务，现在分管的是行政和后勤。在稍后举行的见面仪式上，我还知道了吴勇是成都市青白江人，毕业后来到泸定工作，不久将与一位泸定姑娘结婚，彻彻底底地把自己变成一个泸定人。

见面仪式后搬行李去住处，住处就在医院办公楼旁边的另一栋楼里，与医院办公楼隔着一条水泥小路。那是医院的旧家属楼，建在靠近大渡河的斜坡底部。在吴勇的安排下，后勤处的高大姐带着我们从医院办公楼出来，走到街道与水泥小路的交叉口，高大姐指给我们看时，我以为楼房是三层的，等我们到了楼下才看清，楼房原来是五层的。因为地势更低，有两层楼房建在了街道平面以下。水泥小路刚刚被雨水浇过，湿滑得很，我们只能侧着身，像膝关节疾病患者那样横着双脚，一点一点地向前挪动，可终究没能控制住自己的身体，刚走出两步便不得不挥舞着双手，大鸟般一股脑儿冲到了小路尽头的空地上。

空地之外便是堤坝，堤坝之下便是滔滔不绝的大渡河水。我们提着行李进到楼里的房间，关上房门，耳边依然盈满了大渡河水不息的涛声。对岸近乎壁立的山体上贴着几张绿色的大网，大网紧贴着山体，仿佛破损的外衣上缝合严密的补丁。想必那大网是为防止石块脱离山体飞滚而下特地挂上去的。

站在房间里，我是彻底明白过来了。我们此刻的所在，其实就是大渡河岸边的一处斜坡的最低处。自打穿过二郎山公路隧道的那一刻起，我们就一直在沿着盘曲的公路不断地往下走，降落，再降落，目标就是大渡河，就是眼前这栋老旧因而很可能用不了多久就将消失的楼宇。现在，我们抵达了。

房间里悬着十五瓦的白炽灯，灯泡悬吊在屋子的正中央，电线贴在一整片白色涂料涂抹后的墙壁上，仿佛光滑的腿肚子上突显的静脉，白色的墙壁因此显出了些许生机，单调不再了。高大姐开门的同时摁下了电灯开关，我猛地打了个激灵，不由得闭上了双眼，再睁开来时，才看清这突起的光亮是由一盏白炽灯发出的。

　　高大姐和同行的一位中年男子一起为我们装被子、铺床，两个人配合得十分默契，像是共事了多年。高大姐一边为我们铺床，一边叮嘱我们，这里风很大，夜里会冷，最好盖两床被子。生活上有啥需要，随时和她联系。在我们嗯嗯地应答着的时候，中年男人也开始附和高大姐的话，高大姐每说一句，他便附和一句，所谓附和，不过就是在高大姐每句话后重复两个肯定的词而已，像录音机重复播放"是的是的，就是就是"。后来高大姐似乎听得烦了，突然收起笑容，屏着气，抖手里的被套，眼见中年男人没跟上，高大姐便瞪了他一眼，吼了一声："扯好！"中年男子看着高大姐，不但不恼，反而嘿嘿一笑，嘴里和手里同时配合着高大姐："扯，再扯！"

　　高大姐和中年男子都不是本地口音。从默契的配合可以看出，他们不是第一次接待我们这样的外来者，不是第一次一起干铺床铺的活儿。一问才知道，中年男子原来是高大姐的丈夫，他不是医院的职工，那天他来医院，纯粹是为了帮高大姐的忙的。他们的老家在四川靠近重庆的某个县，但具体是哪个县，我没问，所以就暂时不知道了。

　　晚上，枕着大渡河的涛声躺在温暖的被窝里，禁不住在微信朋友圈发送了一条消息，内容就是到泸定途中手机拍摄的几张照片：二郎山上的积雪和云雾、医院旧家属楼外的河堤、河堤之下蓝汪汪的大渡河水、河西岸打了"大补丁"的山体。看到消息的朋友纷纷点赞、留言，有朋友甚至打来电话，表示无论如何也要抽时间到泸定来看我。我笑着回答："来吧来吧，来了，我们一起听大渡河的涛声。"

成武路111号

泸定县人民医院所在的街道叫成武路，蓝底白字的门牌号码就贴在医院大门旁的外墙上——成武路110号。我起初想当然地以为，旧家属楼也会是同一个号码。后来有一天，我站在水泥小路与街道交叉的路口，无意间瞥见靠近水泥小路的外墙高处也贴着门牌，编号却是另外一个：成武路111号。这是两个不同的序列，沿着成武路是一个，成武路111号往里是另一个，最靠近水泥小路的那栋是"1"，往里走是"2"，我们入住的是"3"，再往里走是"4"。算不上庞杂，却也足够井然。

入住"3"以后的第一天早上，不到六点我就醒了。叼着烟，裸身去卫生间。一离开被窝，浑身便禁不住接连打了几个冷战，赶紧抓起床头的外套披上。

卫生间左侧的墙上高过人头的地方挂着电闸，电闸下半部分没装外壳，金属片外露，从天花板上垂下的电线通过闸刀弯弯曲曲地连着热水器。热水器是一个斑驳的铝制大桶，放在墙上支出的金属架子上，推开门便可看见朝向门口支着的喷头。进水管阀门就在右侧齐腰高的墙上。铝制水桶外面竖着一根透明塑料导管，打开进水管阀门，或者放水洗澡时，可以看见透明塑料导管里水位的变化，以此判断铝桶里水量的多少。

住进来那天晚上，高大姐替我们铺好床，专门把我们叫到卫生间讲述热水器的使用方法。为了打消我们心头的疑虑，高大姐还很肯定地告诉我们：不要担心，以前这里很多人家都是用这个的，现在好些人家换电热水器了，医院也准备换，可还没来得及。此刻再看，高大姐的安慰和鼓励似乎没起任何作用，我心里嘀咕着，但愿真正使用起来时如高大姐所言，不会弄出什么岔子。

正走神间，耳边突然响起一阵嗡嗡声。心里一惊，定睛细看，一只蜜蜂正围着铝制水桶不停地翻飞。我对蜜蜂的了解仅限于外貌和声音，其余一切皆是空白。眼前的这一只，只一眼就觉出它与印象中的不同：它太大了，身体肥硕得有拇指尖那么大，却一点也没影响到它围着铝制水桶不停地翻飞，嗡嗡、嗡嗡、嗡嗡……我大气也不敢出，赶紧捂着嘴，生怕它循着我呼出的热气呼啸而来，停驻在我身上，蛰我一下。我赶紧拔腿飞也似的逃离了卫生间。

回到被窝懒到七点，这也是我多年习惯的起床时间。有了刚才的经历，披好衣服再站到卫生间门口时，便没敢即刻进入，而是站在半掩着的门前，侧着身体，一边轻手轻脚地将门尽可能地推开，一边侧耳倾听，随时准备着撒腿就跑。直到确认卫生间里没有大蜜蜂的身影，没再听到嗡嗡声，我这才抬起腿，放心地跨了进去。

时间稍稍长些之后，我注意到，111号旧家属楼里住的基本上是医院里退休的老职工和刚到医院工作的新人，少部分是像我这样的暂居者。楼下的空地里，但凡能够栽种的地方，都种上了花草和各种时令蔬菜。我好几次看到有老人弓着腰，专心致志地拔除菜地里、花草间的杂草。起自大渡河的风吹不着他们面朝黄土的脸，只好一个劲地吹拂他们的头发。老人的头发像被一只看不见的大手揪着，一阵东倒西歪过后，整整齐齐的发丝便乱成了茅草样。阳光洒下来，他们的白发，便更具有了深秋茅草的神韵。刚被他们放在身旁的小草堆，便被风整个地掀翻在地。好些草枝随风扬起又落下，也不知是否落回了它们被拔起的地方。

　　天气晴好的午后，有几位老人抬了麻将桌出来，摆在楼梯口边上打牌。老人有时候是三个或者四个，有时候是五六个；五个或者六个人的时候，四个人上桌，另外一两个人围着桌子，不时指指点点。桌子挡住了进出楼梯的路，我打楼梯口经过，他们便手扶着桌缘，慢慢悠悠地满脸羞赧地站起来，侧身让我过去。我有几次站在桌子旁，听他们在打牌的间隙有一搭没一搭地说些远远近近的事情，像老旧的收音机里发出的嗞嗞声。

　　不知是听人说起，还是从我的口音里听出了端倪，老人们后来都知道了我是外面来此短暂工作的医生，对我就更加热情了。证据之一是在我经过或者站在桌边的时候，他们纷纷停下正在进行的牌局，询问我工作和生活的情况，不止一次指着菜地告诉我：需要就自己去扯。证据之二是老人们更加耐心地解答我提出的各种疑问。楼梯口对着的空地里种了一棵重瓣粉红海棠，约莫五六米高，我住进去不久，海棠树上便开满了红艳艳的花，似乎一直没见谢过。我起初不知道那是什么树，怎么会开出那么艳丽的花朵，问老人们，老人们便从植物学史、它的形态特征、物种分类，讲到它的病虫害防治和主要价值。从老人们七嘴八舌的讲述里我第一次知道了，在古时，海棠花又被称作断肠花，常常被借以抒发男女离别的悲伤情感。我好奇：这花是谁种的？一位老太太笑呵呵地指着旁边刚才给我讲述的一位老者："他！只有他喜欢干这事嘛！"我看到老者明显地愣了一下，脸上的笑容骤然收紧，却没答话。我很想再问问老人：那么，他是不是也将这株海棠当成了断肠花？话到嘴边，却终究没说出口。这样的问题实在太过唐突，我不想冒犯了老人家。

后来有一天一大早，旧家属楼下的空地里突然搭起了灵棚。进出旧家属楼的路呈"L"形，灵棚因地制宜地搭在那一"折"上。最靠近河堤的一边被单独隔开，成了一个单间，朝街的一面敞开着，正对着水泥小路路口，从水泥小路进出旧家属楼的人，走到街面上的斜坡顶，一眼就能看见里面的长条凳和凳子上白色被单下躺着的逝者。逝者旁边蹲着几个人，不断往燃着的火堆里添加纸钱，火堆摇晃而起的光亮映红了他们悲戚的面容和他们脸上亮晶晶的泪珠。灵棚旁边是一溜更广阔的大棚，整整齐齐地摆满了桌子和凳子，随时等待着有人坐进去。

临近中午，大棚里便密密麻麻地挤满了人，他们嗑着瓜子，抽着烟，轻声交谈着。单间和大棚之间，一直摆满了花圈。灵棚下的人似乎更多了，他们依然围在一起，不停地往眼前燃烧着的火堆上添加纸钱，纸钱冒出的浓烟，四下里缭绕着他们沉默、悲戚的脸，大约是烟雾太浓了，他们一个个被熏得眼泪汪汪的，不得不隔一会儿便抬起手来擦拭一次，擦过之后，便又继续默默地将手里的纸钱丢向火堆。

听办公室里的同事们说，逝者是医院一位退休职工的家属，腰疼了多年，一直以为就是腰上的毛病。几天前老人去我工作的那个科室里找到医生，二话没说就要求理疗。接诊医生觉得不对劲：老人以前很精干的，突然瘦得很厉害，感觉也没了以前的精气神儿。接诊医生拒绝了为老人理疗，反而建议老人去检查一下内脏。这一检查可是吓坏了老人的家人：胆囊癌晚期。

我曾不止一次地看到过一组统计数据，那是以秒为单位，分门别类地统计出来的全球范围内各种因癌症去世的人数。数目算得上庞大，但条分缕析，一看便知，每看到一次，便惊心一次。个体的生命总是脆弱而渺小，正如科室里的同事所言，像一枚叶片，每个人都逃不过离枝的命运。我无从知道眼前的老人是否也将进入统计数据。枯燥的数据也总是让人感觉冰冷而恍惚，有一种无以言说的距离感，似乎很近又似乎很遥远。但有一点是毫无疑问的：数据里的每一个组成部分背后，都是一个实实在在的人，他可能正值壮年，也可能老态龙钟。这是一种既可怕而又十分明晰的指向。这样的指向很像刀割，一刀一刀，刀刀都戳向我们脆弱而敏感的神经。因为我们都会设身处地去想，仿佛我们或者我们的亲人已然是这统计数据的组成部分。

老人去世之后，旧家属楼的楼梯口很久都不见麻将桌再摆出来。我从楼上下到楼梯口，抬眼便看到院子里的海棠花兀自灿烂地开着，树下落满了粉红色的花瓣，胸中瞬间塞满了莫名的悲伤。

土豆晚餐

在高原，人们喜欢把聚在一起的人叫"伴儿"，有时候明明是彼此刚见面，可能非亲非故，只要认识继而彼此认同了，也可彼此叫作伴儿。

我喜欢这个词，尤其喜欢它既亲切又涵盖无边的概括力。牟医生来自市里的一家三甲医院，从事西医骨科；我来自天全

（一个小县），从事的是中医骨科。我们一同来到泸定，进入到不同的科室，入住在同一套房子里，入乡随俗，牟医生就是我的伴儿。

牟医生十多年前从川北医学院毕业，被分配到重庆的一家企业做厂医。因为离家太远，不方便照顾年迈的父母，牟医生于是收起了随时可能迈向重庆的脚步，转而在家乡另找了一份工作。他最先是去了汉源县的一家医院，医院接待者一听他辞掉工作的事情，便直摇头。那是上世纪末，在偏僻川地的很多地方，双向选择还是个新鲜事物，好些人还接受不了自由择业。

牟医生接着去了泥巴山另一边的荥经县。医院的领导很赞赏他的勇气（大约也有他对家乡和父母的拳拳之心），同意接收他，唯一的前提是无酬试用三个月。牟医生当然地点了点头。牟医生本就是荥经人，能够回到家乡工作，离父母更近，是他求之不得的事情。但是，三个月没有经济收入，这段时间生活便没有着落，一日三餐便成了他每天苦思冥想却不得要领，又不得不面对的大问题。有一天父亲去医院看他，顺道给他送去了一口袋大米、一大筐鸡蛋，外加一大口袋土豆。父亲说是去看他，其实是知道他刚刚参加工作，没多少钱可用来花销——

他一直不敢对父亲说他暂时没有收入，他怕父亲担心，继而把担心传到母亲那里，继续把自己变成家里的负担。

那一口袋大米、一大筐鸡蛋，外加一大口袋土豆，便是牟医生三个月的口粮。不够吃是当然的。因为方便加工，最先吃完的是土豆。有一天下班回到住处，牟医生发现土豆所剩无几了。他掂了掂口袋，索性把剩下的土豆一锅煮了，独自坐在仅有一张床、一口锅的宿舍里一个一个地吃，一边吃一边记下了吃过的数目，等数到三十二的时候，装土豆的小锅便见了底。这时候，牟医生扶着肚皮站起身，一点点挪到床上，临产孕妇般艰难地躺下，目不转睛地盯着斑驳的天花板，思考自己不长的人生，也思考接下来的日子该如何过活。有那么一瞬间，牟医生觉得自己已经到了世界末日……三个月后，牟医生顺利通过了医院的试用考察，成了一名正式的医生。不久前，他调到了市里的一家三甲医院，这也才有了这次我们在成武路111号的相聚。

我受大蜜蜂惊吓后的一天，牟医生也经历了同样的遭遇，也是在大清早。只不过牟医生当时举着手机，查看回复朋友们夜间发来的信息，走进卫生间蹲下去时还在翻看、回复，等他发现刺耳的嗡嗡声时，那只大蜜蜂已经盘旋、降临到他头顶。

牟医生腾一下起身准备跑开，当然地忽略了对手机的管控，握着的手机于是从手里滑落，直直地掉进了便坑里。

手机后来是捞起来了。牟医生很有经验地拿出电吹风，吹了好一会儿，试了两次，都没能顺利开机，便不敢再试了。怕短路，这是牟医生说给我听的。这个简单的物理常识，我倒是知道的，但牟医生接着十分肯定地说，如果及时将手机里的水分清除干净，手机还能用，我就有些将信将疑了。

事实证明牟医生是对的。因为早上有个手术，修手机的事牟医生只能托付给我。我先后去了两家手机维修店，店主都摇头，表示无能为力，但后来的一家店主指给我菜市场的一个小摊点，叫我去试试，言辞间带着明显的死马当活马医的意思。我去了，老板听我说了情况，接过手机用力地甩了起来，然后揭开手机盖子，用电吹风呼呼啦啦地吹个不停。其间，摊点来了两个买手机保护壳的、一个贴膜的，看起来都是老主顾，老板叫他们等着，便都静立在那里。过了半个多小时，老板放下吹风机，问他们要什么。一切办停当之后，老板拿起牟医生的手机，再次用力地甩了几下，然后合上盖子，摁下了开关键。我看到，牟医生的手机屏幕果真重新闪亮了起来。

牟医生很高兴。那天的晚饭，牟医生提议吃土豆。吃惯了馆子里的大鱼大肉，我们今天吃素，这是牟医生的意见，我没有反对。土豆和作料是我们几天前去逛菜市场和超市时买回来的。一直放在那里，没机会做。牟医生一提议，我当然就同意了。牟医生还特地跑到楼下，给住在一楼的两位老人打过招呼，从楼下的菜地里扯了小葱，洗净切碎，拌上辣椒油和花椒末，香艳得让人直流口水。等土豆快煮熟的时候，我突然想喝啤酒。有些时日没喝了，莫名其妙地就想喝，想念喝过之后腹部的胀满感和不时打出的酒嗝。牟医生于是又一次跑下楼，买了四瓶啤酒回来。

餐桌是入住后找高大姐要来的方凳子，热腾腾的土豆和作料碟就放在方凳上。我和牟医生一人拿了一瓶啤酒，对坐在方凳前，在方凳子上方很响亮地碰了一下酒瓶，咕嘟咕嘟地大喝了一口，然后开始剥土豆。蘸上作料吃了第一口，我便开始夸赞，从可口的土豆和香艳的作料，到牟医生调制作料的手艺。牟医生则微微笑着，既不赞许，也不反对。等我夸赞得差不多了，便见他呼啦一下举起瓶子，大吼一声："来！"然后举起酒瓶，和我在方凳子上方猛烈地相碰。如此反复了三五次，牟医生便有了些许醉意，再次拿起土豆时便陷入了与这个平凡之物有关的回忆里。

牟医生从医的经历，我就是那时候从他口中得知的。

但是，那天晚上的土豆和啤酒，我们都没有吃完喝完。牟医生后来说："看来，我们都是过了用土豆充饥的年代的人了。"这话，我打心底里赞同。

杵泥，岚安，以及任坤有

如果以雅安市天全县和甘孜州泸定县为起始点，取一个二郎山的截面图，应该是一个放大了若干倍且略略倾斜的"N"字，酷似城垛，却又比城垛多了一个巨大的反折——那是泸定县城西面绵延的山脉。东西两面的山川之间，天空被切割成了逼仄而狭长的一缕，天花板一样罩着谷底的大渡河和沿河而立的泸定县城。

我知道杵泥是一个乡，但从没去过，不知道它是在那个巨大反折上的哪座山间。四月里的一天，同事们邀约去乡下吃樱桃，我问去哪里，同事们说杵泥。我于是很爽快地开上车，跟着同事们沿县城对岸的公路，拐上一条崎岖的小路，越过一个垭口，回肠似的道路绕着山体盘曲回转，弯弯拐拐之间，眼前突然豁然开朗。同事说："喏，那就是杵泥乡。"古语说别有洞天，说的大约就是这样的地方。这也是泸定县城给我的印象：那些极不起眼的小街，拐弯抹角间，各种店铺因地制宜，见缝插针。不知道的人，从大街上经过时，以为那就是一条小道而已。一天晚上，我开车陪一位朋友去接他的女友。朋友下了车，拐进街边的一条石梯小路。我停了车在街边等，左等右等不见朋友出现，电话打过去却是"您所拨打的用户不在服务区"。我只好下了车，踏上朋友消失的石梯小路走进去。拐过一个小弯之后，我就不敢贸然前行了，因为前面摆着三条岔路，我无从知道哪一条才通往朋友此刻的所在。

樱桃树都种在田地的边角、土埂上。田地边静卧着几间老木屋，大门紧锁。那是一位同事的老家。同事从学校毕业后进到泸定县城工作，把父母也接到了城里，留下几栋孤苦伶仃的老屋，和田地间年年挂果的樱桃树。同事吆喝着："随便吃，随便摘。"我们便呼啦一下冲到树下，伸手扯住低处沉甸甸的枝丫，有几个年轻同事即刻摇身变成了猴子，三两下爬上树梢。树下于是噼里啪啦地下起了樱桃雨。有些是因为熟透了，稍有风吹便会猝然落下，更多的原因是那些樱桃被虫子吃过了，只剩下空空的皮囊，即便没有外力的作用，坠落也是早晚的事情。我们选那些尚未被虫子光顾的吃，一边吃一边感叹："甜，太甜了！"吃剩下的，同事们作为礼物，装好后要我带回天全。后来我分给亲友们品尝了，他们的感叹是一样的："甜！太甜了！"现如今，我们的味觉是太熟悉这种味道了：甘甜、香甜、甜美、甜蜜、蜜一样甜……花样翻新，琳琅满目，禁不住啧啧称赞。我想我的同事和亲友们是被这樱桃纯正的味道给迷住了。记得有一回，我和作家们去到一个以樱桃闻名于世的地方采风，主办方给每人发了一小篮子樱桃让我们品尝。我没敢下口，因为那樱桃看上去太完美了，无论外观还是色泽，乃至包装，都是那么无可挑剔。我抓了一把捧在手里，在水龙头下冲洗、翻看了半天，竟然没发现一颗樱桃有虫子光顾的印痕。

进出杵泥的路边竖着一块水泥石碑，但凡去杵泥的人都会看到。水泥石碑显然已经竖起了不少岁月，好些部位已见皲裂，边角已风化脱落，几个大字上涂抹的红色油漆也已淡去，字迹却是清晰可辨的——中国红樱桃之乡。站在水泥石碑前，头顶着狭长而逼仄的天空，心里不得不对泸定人暗生佩服。一个川西崇山峻岭之中的小山村，却要建设"中国红樱桃之乡"，这是何等的视野与雄心！都说环境造人，环境，其实不是禁锢和束缚，而是萌发和催生创新的动力之源，关键在于置身其间的人。

没去泸定之前，我就知道杵泥是泸定下属的一个乡，也知道泸定出产樱桃，却不知道泸定的樱桃大多出产于杵泥乡。到了泸定，吃过杵泥的樱桃之后，我必须说，那可能是我有生以来吃过的最美味的樱桃。

和杵泥一样，我很早就知道岚安，却也从没去过，不知道它是在东西南北哪个方向。自打得知要去泸定的时候起，我就计划着，一定要去岚安看看，我甚至想到了要找一本《泸定县志》，以更多地了解岚安和泸定的其他地方。我好几次请泸定的同事帮忙，说起的时候同事们都很爽快地答应，过后就都不了了之，始终没见把《泸定县志》送来。我想同事们或者是没有找到，或者是我作为医生却要找厚如砖头的县志来读，让他们觉得有些不可思议。

尽管没有《泸定县志》可读，但我还是大体知道岚安的一些历史。其中最辉煌的要数一九三五年十一月，红军长征曾经过这里，并在此驻扎了五十三天，六百多名红军指战员在这里牺牲，缔造了康区第一个红色苏维埃政权。我最初听人说起岚安时，也犯了所有天全人都会犯的毛病：l和n不分，阴平、阳平不分，边音、鼻音难辨，把岚安听成了南岸。后来医治了好些个来自岚安的病人，从他们的身份信息里，我才明白自己一直"误读"着这个地方。

在我所医治过的岚安病人中，给我印象最深的当数任坤有。

他是在搭乘拖拉机去县城的路上受的伤。当时他背对着驾驶员，坐在拖拉机货箱后挡板上，双腿悬吊着，像一个调皮的读书郎。他看不见前路，也就没法看见拖拉机车头驶离了公路，否则，在拖拉机朝着悬崖飞速坠落之前，他完全有可能也有足够充足的时间从货箱上跳下，躲开那场车祸，从而避免货箱里掉落的重物和飞石砸中自己的双腿。

后来任坤有被送到县里，很快又被转送到了省城，得到的都是一样的说法：想要保住双腿，悬！家里人和任坤有都坚持着，不愿意截肢。他们抱着试一试的心理，转到了天全，成为我的患者。那时候，任坤有差不多已经彻底死了心，听我就他的双腿说出同样的话语时，他显得是那样淡然，有一种听天由命式的无所谓。

"死马当作活马医。"任坤有三个月后对我说。话语间当然地充满了强烈的死而复生的庆幸。事实上，要不是三个月前他和家人选择了坚持，坚决要求先观察观察再说，这一切都是空谈。内心里，我和任坤有一样，对他当初的选择感到庆幸。三个月的治疗时间，别说保全的是一双腿，就是一根趾头，也已足够我们庆幸。

这都是十多年前的旧事。后来有一天，我接到任坤有从岚安打来的电话，说他刚卖了几头牛，新买了一部手机，还学会了玩儿微信，要我通过他的好友申请。随后我就接到了他发来的几张图片，图片拍摄的是岚安的山水和他放牛的地方，绿树成荫，百草丰茂，鲜花盛开。我正看着照片出神，电话又一次响了起来，电话里，任坤有邀请我有空儿去岚安玩儿。

我二话没说就答应了任坤有。那时候我还不知道自己真有机会去到泸定，而且一待就是三个月。

现在，三个月的时间已经成为过去。硬要说起来，遗憾也是有的。没能够待更长时间，从而更多地了解泸定，此为其一；想要一本《泸定县志》而不得，此为其二；其三便是一直想着却终究没能找到机会去岚安，没能再次见到任坤有。和任坤有相见这件事情已然变成了一个梦想，若有机会再去泸定，无论如何也要把这个梦圆了。

过桥记

泸定县城东岸与西岸有三座桥相连。站在医院旧家属楼外的河堤边，抬眼便能看见城南大桥，往上是泸定桥，再往上出县城不远是彩虹桥。

　　源远流长的大渡河自北向南流淌，但在我此刻的想象里，它就是流经泸定县城的那一节，更具体些说，就是从城南大桥到泸定桥之间的一小段。但是，站在城南大桥上看大渡河与站在泸定桥上看的感觉是完全不同的。在我的想象里，它活像一个人身体的躯干部分：城南大桥下的一段河床宽阔，水流平缓，两侧的河床上乱石堆砌，那是一副胀满的肚腹；而上游不远的泸定桥下，河床陡然收紧，水流湍急，乱石穿空，那是大肚腩上方连着的脖颈。

　　城南大桥和彩虹桥都是公路桥。彩虹桥地处县城之外，我只在开车去西岸加油时路过了一次。城南大桥和泸定桥广场却是去过若干次的。天气晴好的午后或者黄昏，我和牟医生时常一起出门散步，有时候经过城南大桥到县城西边去，有时候从医院旧家属楼出来，往左沿成武路走，去泸定桥广场。

　　泸定桥广场自然是以泸定桥为中心的广场。从此刻回溯，在并不漫长的时间的洪流中，公元一七○五年便是泸定桥的最上游。那时候，大渡河还叫泸水。这一年，为了解决道路梗阻问题，康熙皇帝下令修建泸水上的第一座桥梁。仅仅一年之后，长103米、宽3米的13根铁链固定在两岸桥台落井里（9根作底链、4根分居两侧作扶手）桥梁就算建成了，康熙皇帝遂御笔亲书"泸定桥"三个大字，并立御碑于桥头。"泸"即泸水，"定"则是平定、安定之意，康熙皇帝是希望借助桥梁建成后的便利条件，平定西藏准噶尔叛乱。这次起于清康熙二十九年（1690）的战争，迭经三朝，历时68年，最终于清乾隆二十二年（1757）弭息，清政府取得了完全的胜利。这些都是题外话。事实是，自从泸水之上有了泸定桥，泸定这个县名随即得以确立，并且一直沿用至今。县名随桥名而生，这在中国历史上恐怕是绝无仅有的事情了。

从一七〇五年出发，沿时间之河顺流而下，一九三五年是必定要停靠的一个站点。当年五月二十九日，泸定桥让全世界的目光又一次聚焦在这里。这一天，中国工农红军长征途经大渡河，以22位勇士为先导的突击队，冒着敌人的枪林弹雨，在泸定桥上匍匐前进，一举消灭桥头守卫。从此，这座桥便成了中华人民共和国历史上一个举足轻重的纪念地。有历史学家甚至说，是泸定桥上的"十三根铁链托起了共和国"。一拨又一拨的人，千里迢迢赶到大渡河边，为的就是一睹泸定桥的雄姿，听闻大渡河四海闻名的涛声。

康熙皇帝当年御赐的《御制泸定桥碑记》就立在泸定桥东岸，记载了修桥的原因、桥的规模及维修办法。桥的东岸就是以桥头为中心、向东边山脚铺展开的泸定桥广场。广场旁边静卧着一家书店。店名有些老旧了，叫新华书店。一个星期天的午后，我原本是要去看泸定桥的，在广场上闲逛时，忽地看见路边高挂的"新华书店"，便不由得跨步而去。门口收银处坐着两个长发披肩的女子，我是店里唯一的顾客。我从只开了一边的双扇玻璃门进去时，收银处的两个女子正说着话，看到我，她们不约而同地看了我一眼，又扭过头去，继续她们似乎永远说不完的话。书店里打扫得其实很干净，阳光从玻璃墙壁斜照进来，依稀照见我映在地板上的面影，给我的感觉却是混乱的，可具体乱在哪里，一时又说不清。大约和记忆中新华书店里热气腾腾的情形有关，这与时下、这里的安静形成了某种错位，它们同一时刻呈现在我的记忆中和视线里，混乱由此而生。我进到书店后不久，又来了一个中年男子，好像是走错了路，在玻璃大门处内停了一下，便又转身走了出去。在文学书架上，我看到了卡勒德·胡塞尼的文字，这位旅居美国的阿富汗人最新出版了一部长篇小说《群山回唱》，定价36元。我毫不犹豫地取下书，递给收银处的女子时，问打折不。对方诧异地抬起眼，面无表情地吐了个"不"字，就冲我伸出了手。这可能是我开始文学阅读以来买下的第一本不打折的书。也许是受了书名的感染和提醒，抱着书回去的路上，我突然想大吼，就像儿时置身荒寂的山野时大吼着为自己壮胆，尽管此刻实在没有什么让我惊惧的。我只好紧闭了双唇。在熙来攘往的成武路，我的大吼是否能引起山间远远近近的回响是另一回事，让人们回头侧目倒是必然的。

终于还是去过了一次桥。时间是在一个阳光明媚的午后，即将离开的前三天。整整九十个日夜即将过去，刚一开始的时候我以为日子还长，还有的是时间。那天往返书店，乃至之前和后来若干次打泸定桥广场经过时，这个念头便会涌上心头，但我老感觉自己还没准备好。直到此刻，就要离开了，我才觉得是时候再去走走了。

我知道外地游客过桥要买门票，正准备掏钱，忽然听到旁边有人在叫："李医生！"我一愣，扭过头去，原来是上午刚刚看过膝盖的一位病人的家属。听到有人叫我，站在眼前的景区管理员也愣了一下，好像忽然想起了什么。我从他脸上的笑容里猜测，我们大约彼此都觉得是在哪里见过，但一时忘记了，而听到有人叫我医生，他一下子明白了过来。管理员微笑着侧过身去，让开通向桥面的小铁门，并且摊开手掌，掌心向上，轻轻地指向了泸定桥和它通往的西岸。

波涛滚滚的大渡河在桥下咆哮着，一如记忆里第一次来时的样子。第一次来泸定桥是什么时候已经不记得了，但可以肯定是在二〇一四年十一月二十二日康定地震之前，因为那时我那篇至今仍有朋友提及的《二郎山记》已经完成，而且那时我的目的地是更西边的康定，根本无暇他顾。

站在桥头，出现在眼前的依然是记忆里第一次来时的情形："风尘仆仆地赶来的人们站在河边，踏上铺着木板的桥面，铁索摇晃着，有人紧闭着眼睛默不作声，心里似乎想到了当年红军飞夺泸定桥的情形。有人突然惊声尖叫起来，尖叫声响在耳畔，算得上惊心动魄，但在河水巨大不息的咆哮声里，瞬间便被稀释成了蚊蝇一般的嘤嗡声。"

我忽地觉得这就是我一直期盼的时刻，一种我想象中的仪式感。

我跟着人群，默默地，向着摇摇晃晃的桥面迈开了步子。